R

ÉMILIE,

OU

LA PETITE ÉLÈVE

DE FÉNÉLON.

PARIS. — IMPRIMERIE DE CASIMIR,

Rue de la Vieille-Monuaie, n° 12.

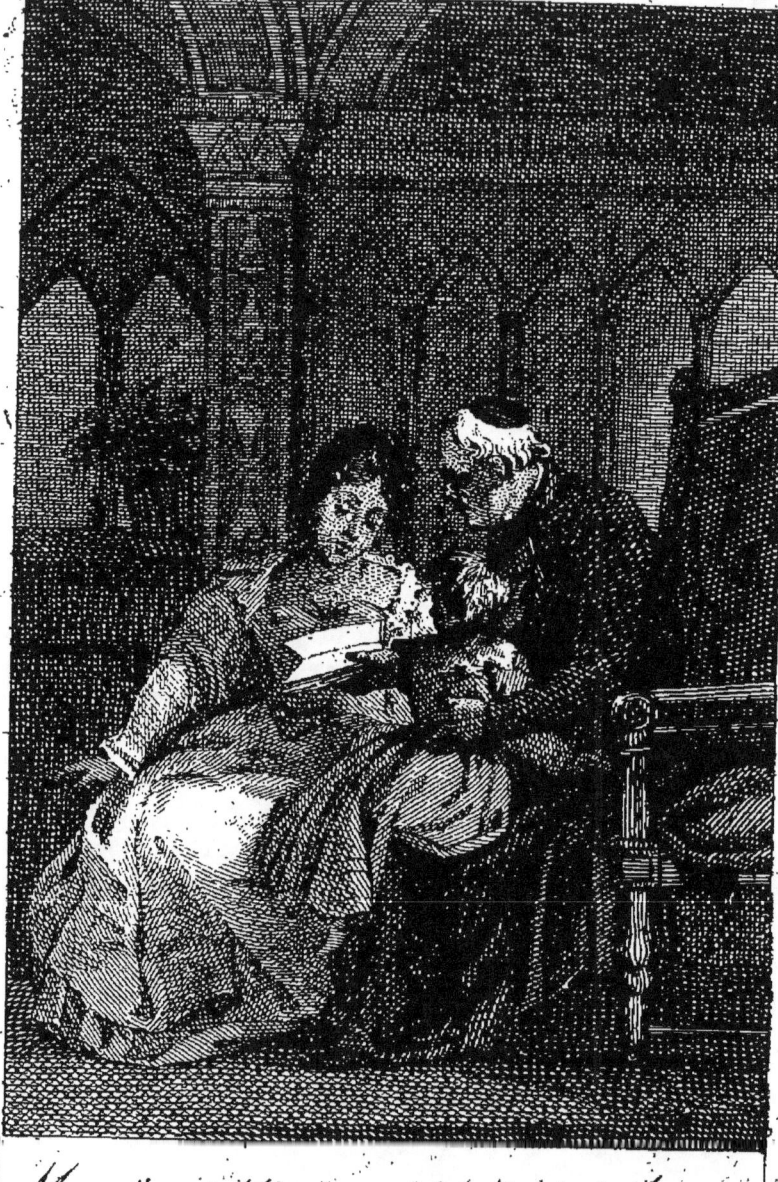

*Ma niéce, voilà un guide sûr, c'est le traité
de l'éducation des Filles par Fénélon.*

ÉMILIE,

ou

LA PETITE ÉLÈVE

de Fénélon;

Ouvrage dans lequel on a mis en pratique les plus importans préceptes du *Traité de l'éducation des filles*, par Fénélon;

orné de gravures.

PAR J.-B. J. CHAMPAGNAC.

PARIS.

EYMERY, FRUGER ET Cie,

RUE MAZARINE, N° 30.

1828.

AVANT-PROPOS.

Le mérite du Traité de Fénélon *sur l'éducation des filles*, est depuis long-temps de notoriété publique. L'ordre admirable qui règne dans cet ouvrage et les principes solides qu'il renferme, obtinrent, quand il parut, les suffrages du duc de Beauvilliers, qui fit appeler Fénélon aux importantes fonctions de précepteur des ducs de Bourgogne, d'Anjou et de Berry, petits-fils de Louis XIV. Le bon, le savant et modeste Rollin, juge si éclairé en

matière d'éducation, faisait un cas
tout particulier de ce Traité, et le
regardait comme un *livre excellent*.
Des jugemens d'un si grand poids
nous dispensent d'une plus longue
apologie; d'ailleurs ils ont été plei-
nement confirmés par la postérité,
et les nombreuses éditions de ce livre, attestent qu'il est toujours en
possession de l'estime des pères et
mères qui désirent faire à leurs enfans le plus beau des présens, celui
d'une bonne éducation.

Toutefois cet ouvrage est d'une
nature trop sérieuse pour la portée
de l'enfance et de la jeunesse. Bien
que disposé avec une grande clar-

té, bien qu'écrit d'un style plein d'onction et de charme, comme il n'offre à l'esprit qu'une série d'observations, de conseils et de préceptes, il ne saurait, par cela même, captiver long-temps l'attention de jeunes lecteurs. Avant tout, le jeune âge veut qu'on l'amuse, et ce n'est qu'en remplissant préalablement cette condition, qu'on peut espérer de lui inspirer graduellement le goût des choses bonnes et utiles. C'est pourquoi j'ai imaginé de mettre en action le *Traité de l'éducation des filles*, en traçant les traits principaux de l'histoire d'une jeune personne, élevée et dirigée d'après les principes de Fénélon. On verra que j'ai conservé les morceaux les plus saillans de son livre; mais en les mettant dans la bouche de la mère d'Émilie et de son oncle, je crois les avoir débarrassés de leur sécheresse didactique, et les avoir rendus plus accessibles à l'enfance et plus capables de piquer sa curiosité.

Quant aux différentes scènes que j'ai réunies pour développer le plan tracé par Fénélon, et pour le mettre plus en relief, qu'on ne s'attende pas à y trouver des situations neuves, extraordinaires ou bizarres, comme on en cherche dans les romans. Elles ont tout simplement été prises dans la vie commune. Ce n'est pas dans des exceptions, ce n'est pas dans des circonstances qui pourraient paraître invraisemblables ou romanesques, que l'on peut puiser des règles et des exemples pour les enfans qu'on élève.

Je recommande ce livre aux jeunes mères. Il ne saurait être mauvais, puisque c'est Fénélon qui m'en a fourni le fond et souvent la forme. Si je n'ai pas tiré tout le parti désirable des matériaux précieux que j'avais entre les mains, comme le vœu de mon cœur, en faisant ce petit ouvrage, était d'être utile à l'enfance et de lui inculquer de bonne heure l'amour des vertus chrétiennes (ces deux mots, pris à la lettre, renferment tout ce qu'il peut y avoir de meilleur sur la terre), j'ose espérer quelque indulgence en faveur de la pureté de mes intentions.

ÉMILIE,

OU

LA PETITE ÉLÈVE

DE FÉNÉLON.

CHAPITRE PREMIER.

Veuvage de madame Dermance. — Sa tendresse maternelle. — Le père Ambroise.

Madame Dermance, jeune dame d'un naturel heureux, mais gâté par une mauvaise éducation, n'avait songé, depuis son mariage, qu'à paraître avec éclat dans les salons les plus brillans de la capitale. Son mari, colonel de cavalerie, grand amateur de ce que l'on nomme représentation et des bruyans plaisirs de la société, lui avait fait adopter facilement

I

ce genre de vie dissipé, et elle s'y était livrée avec un goût qui était devenu bientôt une impérieuse passion. L'absence même de M. Dermance que la guerre venait de rappeler sous les drapeaux, ne dérangeait rien aux nouvelles habitudes de sa femme. Elle continuait à être de tous les bals, de toutes les réunions où le grand monde se donnait rendez-vous; la toilette et les fêtes l'occupaient tout entière; aussi, par une suite inévitable de cette conduite irréfléchie, le plus grand désordre régnait dans sa maison; des domestiques avides et infidèles profitaient de la négligence de leur maîtresse pour la voler.

Madame Dermance, ainsi plongée dans le tourbillon du monde, ne rêvait que parties de plaisir, lorsque les bulletins de l'armée vinrent lui apporter la foudroyante nouvelle de la mort de son époux. Le colonel avait perdu la vie à la mémorable journée de Marengo. Ce coup, d'autant plus terrible qu'il était inattendu, accabla de douleur sa veuve; elle aimait tendrement celui qu'elle venait de perdre ; son chagrin alla jusqu'au désespoir. Une fièvre ardente, accompagnée d'un délire effrayant, fit craindre pour sa vie pendant plusieurs jours. Quand elle revint à elle, sa petite fille Emilie, à peine âgée de quatre ans, était assise près de son lit; la vue de cet enfant, qui lui offrait le portrait vivant de son malheureux époux, la frappa vivement; des larmes coulèrent de ses yeux en abondance ; puis prenant la jeune Emilie dans ses bras : « Ma fille, ma chère enfant, s'écria-t-elle avec une sorte d'enthousiasme, le malheur m'éclaire sur les devoirs qui me sont imposés; j'ai bien des torts à réparer à ton égard ; trop long-temps j'ai oublié que je te devais tous mes soins. Tu es le seul gage qui me reste de la tendresse de ton père : que ne dois-je pas faire pour le conserver! Ah! si le ciel me donne la force de surmonter mes peines, je jure par mon époux, dont la mémoire me sera toujours chère, de consacrer mon existence tout entière à ton bonheur. »

Toutes les personnes présentes à cette scène touchante, augurèrent bien de la conduite future de madame Dermance. Celle - ci parut soulagée par l'épanchement de sa douleur ; ses regards s'arrêtaient avec affection sur sa chère Émilie et semblaient y trouver un charme consolateur : le jour, elle voulait l'avoir sans cesse dans sa chambre, et prenait plaisir à lui prodiguer les plus douces caresses. Elle ne tarda pas à se rétablir, mais la mélancolie empreinte dans tous ses traits laissait voir les traces de son chagrin.

A peine madame Dermance fut-elle en état de sortir, qu'au grand étonnement de toutes les sociétés que jusque-là elle avait si assidument fréquentées, elle s'occupa sans relâche des préparatifs d'un voyage qui paraissait devoir être très - prochain. Tout le monde fut surpris encore bien davantage, lorsqu'en venant faire ses visites d'adieu, elle annonça que désormais elle allait vivre à la campagne, et qu'elle se retirait dans un château de son mari, situé dans les montagnes de la Haute-Auvergne. Vainement on la plaisanta sur son projet de retraite ; vainement on s'efforça de l'en détourner en lui exagérant les privations et l'ennui qui l'attendaient dans cette solitude ; rien ne put ébranler sa résolution. Quoiqu'à peine âgée de vingt-deux ans, elle avait été en un moment désabusée du monde et de ses amusemens frivoles ; un triste et long retour sur elle-même lui faisait voir clairement toute la légèreté, toute l'inconvenance de sa conduite passée ; elle sentait combien il lui restait encore à faire pour devenir telle qu'elle devait être, et comme femme et comme mère : l'éducation de son Émilie allait réclamer tous ses soins ; il fallait donc qu'elle se réformât elle-même dans beaucoup de choses, pour se rendre digne des importantes fonctions dont elle voulait se charger.

Demeurer plus long-temps à Paris, c'était s'exposer mille fois à voir ses bonnes intentions détruites sans retour. Dans certains cas, il est plus méritoire et plus

honorable de fuir le péril que de le braver.
Madame Dermance le sentit ; aussi se
mit-elle en route peu de jours après, n'em-
menant avec elle que sa fille et une domestique nommée Julienne, à qui elle
était très-attachée, et qui le méritait bien
par ses bonnes qualités.

Arrivée dans sa nouvelle habitation, la
jeune veuve s'empressa de mettre sa maison sur un bon pied. Elle y établit l'ordre
le plus parfait ; une régularité admirable
y régnait jusque dans les moindres détails.
Tout dépend des commencemens ; une
fois cette première impulsion donnée, les
choses se faisaient comme d'elles-mêmes.

Madame Dermance avait dans son voisinage un oncle de son mari, qui était
venu à Paris pour son mariage et pour
qui, dès ce moment, elle nourrissait une
affection vraiment filiale. C'était un pieux
et vénérable ecclésiastique, de mœurs
aussi douces que pures, que tous les habitans du canton chérissaient comme un
père, et dont le mérite rare était bien su-
périeur aux fonctions obscures de curé

qu'il exerçait avec un zèle évangélique,
au sein de ces montagnes. Aussi humble
de cœur que son esprit était éclairé, le
père Ambroise (c'était son ancien nom
de religieux) avait préféré cet asile simple
et ignoré au séjour de la capitale, où ses
talens auraient pu le faire remarquer.
C'était dans ces montagnes qu'il avait
reçu le jour; c'était là aussi qu'il voulait
finir sa carrière, après l'avoir remplie,
autant qu'il était en lui, d'œuvres agréables à Dieu et utiles à l'humanité.

CHAPITRE II.

Entretien sur le plan d'éducation à suivre pour bien élever Emilie. — Conseils du père Ambroise à ce sujet. —Guide qu'il donne à sa nièce.

LE père Ambroise revit sa nièce avec un plaisir qu'elle partagea bien sincèrement. Tous deux s'entretinrent long-temps du malheureux Dermance, et ce ne fut pas sans répandre bien des larmes. La jeune veuve fit à son oncle un aveu plein de candeur, de la conduite légère qu'elle avait menée depuis son mariage; elle lui apprit aussi comment s'était opérée sa conversion, et l'instruisit des motifs qui l'avaient déterminée à fuir le séjour de la capitale. Le respectable curé la consola avec les douces paroles de la religion; il approuva avec chaleur la résolution qu'elle venait de prendre, et l'assura qu'elle trouverait bientôt dans l'exercice des vertus chrétiennes, et dans la pratique de ses devoirs, un bonheur bien préférable à tous les plaisirs mensongers, dont elle avait fait le sacrifice.

« Mais, mon bon oncle, ce n'est pas tout, reprit madame Dermance, j'ai entrepris de faire moi-même l'éducation de ma fille. Sans doute cette tâche est bien au-dessus de mes forces, mais vos conseils me la rendront bien moins difficile. Je sais, par une triste expérience, qu'en général l'éducation publique ne réussit pas aux personnes de mon sexe. Beaucoup de pensions de demoiselles sont des écoles de vanité. Les pensionnaires y entendent parler du monde comme d'une espèce d'enchantement ; et rien ne fait une plus pernicieuse impression que cette image trompeuse du siècle qu'on regarde de loin avec admiration, et qui en exagère tous les plaisirs, sans en montrer les mécomptes et les amertumes. Le monde n'éblouit jamais tant, que lorsqu'on le voit de loin, sans l'avoir jamais vu de près, et sans être prévenu contre ses séductions.

« — Vos raisons, sont excellentes, lui

1*

dit le père Ambroise, qui l'avait écoutée avec intérêt; mais il me semble qu'il y aurait moyen de dissiper vos scrupules. Par exemple, je connais dans le voisinage une maison dont la régularité est exemplaire, et où les jeunes personnes......

«—Je vous crois, interrompit vivement madame Dermance, mais j'ai des motifs d'un autre genre à alléguer; vous jugerez vous-même de leur valeur. Dans ces maisons religieuses, une jeune fille croît dans une profonde ignorance du siècle; c'est sans doute une heureuse ignorance, quand elle doit durer toujours. Mais si cette fille passe, à un certain âge, dans la maison paternelle, où à chaque instant on se trouve en contact avec le monde, rien n'est plus à craindre que cette surprise et ce grand ébranlement d'une imagination vive. Une demoiselle qui n'a été détachée du monde qu'à force de l'ignorer, et en qui la vertu n'a pas encore jeté de profondes racines, est bientôt tentée de croire qu'on lui a caché ce qu'il y a de plus merveilleux. Elle sort du couvent comme une personne qu'on

aurait nourrie dans les ténèbres d'une
profonde caverne, et qu'on ferait tout d'un
coup passer au grand jour. Rien n'est plus
éblouissant que ce passage imprévu, et
que cet éclat auquel on n'a pas été accoutumé. Il vaut beaucoup mieux qu'une
fille s'habitue peu à peu au monde, auprès
d'une mère discrète, qui ne lui en montre
que ce qui lui convient d'en voir, qui lui
en découvre les défauts dans les occasions,
et qui lui donne l'exemple de n'en user
qu'avec modération, pour le seul besoin ; et
c'est ce que je veux essayer de faire pour
mon Emilie. Dieu qui connaît ma bonne
volonté, me donnera sans doute les vertus nécessaires pour une œuvre aussi importante.

« — A merveille, ma chère nièce, à merveille, s'écria le père Ambroise, en se frot-
tant les mains en signe de joie ; oui, oui,
n'en doutez pas, le ciel vous secondera et
vous serez récompensée par le succès de
votre pieuse sollicitude. La proposition que
je vous faisais tout à l'heure n'était qu'une
petite ruse pour mieux éprouver jusqu'à

quel point vous étiez résolue d'élever vous-
même votre petite Emilie. Vous me pardon-
nerez sans doute cette marque de défian-
ce; je vois à présent que mon doute était
injuste et je le reconnais avec bien du plaisir. Si vous aviez plusieurs filles, je serais
peut-être le premier à vous conseiller de
les placer dans une maison où l'éducation
serait soignée; mais n'en ayant qu'une
seule à élever, et pouvant, par votre position, lui donner tous vos soins, je crois
que vous saurez lui procurer une meilleure éducation qu'aucun pensionnat ou
couvent. Les yeux d'une mère tendre, sage
et chrétienne découvre sans doute ce que
d'autres ne peuvent découvrir. Comme
ces qualités sont très-rares, le plus sûr
parti, pour la plupart des mères, est de
confier leurs filles à des mains étrangères,
parce que souvent elles manquent des connaissances indispensables pour les instruire, ou si elles les ont, elles ne les
fortifient pas par l'exemple d'une conduite
sérieuse et chrétienne, sans lequel les instructions les plus solides ne font aucune

impression ; car tout ce qu'une mère peut
dire à sa fille est anéanti par ce que celle-
ci lui voit faire. Mais quoique j'estime fort
l'éducation des pensions régulières, je
compte encore davantage sur celle d'une
bonne mère, quand elle est libre de s'y
appliquer et qu'elle y apporte un zèle
aussi éclairé que le vôtre. Je conclus donc
que votre enfant sera mieux auprès de
vous que partout ailleurs. »

Pendant cet entretien, Emilie, assise sur
un petit tabouret aux pieds de sa mère,
jouait très-paisiblement avec sa poupée,
et lui parlait avec un air de gravité qui,
de temps en temps, faisait sourire son
grand-oncle. Le père Ambroise la prit sur
ses genoux, et, considérant avec attendrissement son aimable figure qui lui re-
traçait l'image du pauvre Dermance, il
l'embrassa, l'œil humide de larmes. Madame Dermance s'en aperçut, et ne devinant
que trop bien la cause de son émotion,
quelques pleurs s'échappèrent aussitôt de
ses yeux.

« Allons, ma chère amie, lui dit le père

Ambroise, que ma faiblesse ne réveille pas
votre douleur; la mémoire de Dermance
doit nous être toujours chère; mais il ne
faut pas qu'elle remplisse tous nos momens de tristesse et de deuil; le temps
viendra où nous le rejoindrons et où nous
n'aurons plus à gémir de son absence.
En attendant, employons les jours que
nous donne le ciel à former l'esprit et le
cœur de cette innocente enfant : qu'elle
tienne ici-bas à nos yeux la place de son
malheureux père ! »

Madame Dermance prit les mains du
bon curé dans les siennes, et les pressant
avec affection, le remercia des bontés
qu'il lui témoignait et du zèle qu'il montrait pour l'éducation d'Emilie, et l'assura
qu'elle commençait à sentir, au fond de
son cœur, une satisfaction pure et vive
qui lui avait été inconnue jusqu'alors.

Le lendemain, au sortir de sa messe,
le père Ambroise vint voir madame Dermance. La petite Emilie qui, les premiers
jours, avait eu peur en le voyant, à cause
de sa grande soutane noire, se montra cette

fois beaucoup plus rassurée ; elle courut, avec empressement, au devant de son grand-oncle ; elle l'embrassa, lui demandant de la faire sauter sur ses genoux. Le père Ambroise, ravi de sa gentillesse, ne se fit pas prier, et l'on fit une bonne partie, tandis que madame Dermance était occupée à donner quelques ordres dans la maison.

Quand elle rentra dans le salon, le curé la regardant d'un air tout rayonnant, lui dit : « Vous étiez désolée hier, ma chère nièce, de votre peu de capacité pour faire l'éducation de votre fille ; eh bien, rassurez-vous, je vous apporte du renfort, ou plutôt je vais vous donner un guide qui ne vous égarera pas. — Mais, mon oncle, n'est-ce pas vous qui devez être ce guide ? que voulez-vous dire ? » Alors le père Ambroise, lui présentant un petit livre relié en maroquin rouge et doré sur tranche, lui répliqua : « Le voilà, mon amie, le voilà ce guide que je viens de vous annoncer ! Ce livre est plein de l'amour de l'humanité et d'une morale tout évangélique ; il

est l'ouvrage du sage et sensible Fénélon ;
il vous apprendra tout ce qu'il vous importe de savoir, car c'est l'excellent traité
de l'*Éducation des filles* que nous a. laissé
ce vertueux prélat, surnommé, à si juste
titre, la *colombe de Cambrai*, à cause de
son extrême douceur. Vous ne trouverez,
dans ce livre, rien de subtil ni d'abstrait ;
tout y est dicté par une raison supérieure
qui, pour se mettre à la portée de tous,
sait se rapetisser sans rien perdre de sa di-
gnité. Tout y est exposé avec une douce
simplicité qui fait concevoir facilement les
choses. De plus, ce petit ouvrage vous
fournira des modèles pour les discours
qu'il faut faire aux enfans sur les plus importantes maximes de morale ; vous aurez
ainsi devant les yeux un recueil tout fait
des conversations que vous devez avoir
avec Émilie, sur les matières les plus difficiles à lui faire entendre. C'est une espèce de Mentor qui vous conduira comme
par la main ; les ressources de votre esprit
et votre tendresse pour votre fille feront le
reste. »

Madame Dermance fut enchantée du cadeau de son oncle et l'en remercia mille fois. Son éducation avait été tellement négligée, qu'en fait de livres elle ne connaissait guère que de mauvais romans, propres seulement à gâter l'esprit et quelquefois à corrompre le cœur. Sans doute le nom de l'illustre Fénélon ne lui était pas inconnu; elle avait parcouru les *Aventures de Télémaque*, mais sans goût et sans intérêt; et ses connaissances n'allaient pas jusqu'à lui faire soupçonner que l'auteur de ce livre admirable eût écrit sur l'éducation des filles. Toutefois l'opinion qu'elle s'était faite, de confiance, des vertus évangéliques et du talent de ce grand prélat, lui inspira le désir de prendre connaissance sur-le-champ du livre que son oncle venait de lui offrir. Ce désir était d'autant plus vif qu'il se rattachait immédiatement au bonheur de sa fille.

Elle lut et relut, avec beaucoup d'attention et de plaisir, ce petit ouvrage, s'attachant particulièrement à ce qui pouvait se rapporter à l'âge actuel de son Emi-

lie. Au bout de quelques jours d'une
étude réfléchie et soutenue, elle commença l'apprentissage de ses nouvelles
fonctions.

CHAPITRE III.

Premiers essais de madame Dermance. — Ses succès. — Bonne leçon du père Ambroise. — Il ne faut jamais tromper les enfans.

La petite Émilie était née avec de très-heureuses dispositions. On remarquait aussi en elle une inclination très-prononcée pour vouloir imiter tout ce qu'elle voyait faire. Sa maman tenait-elle un livre, aussitôt l'enfant demandait à lire; de même pour écrire, pour les travaux à l'aiguille et pour mille autres choses. Madame Dermance jugea nécessaire de tempérer cette ardeur prématurée; d'une part, afin de laisser aux organes le temps de s'affermir, en ne poussant pas l'instruction; de l'autre, pour accoutumer doucement sa fille à être privée des choses pour lesquelles elle témoignait trop d'empressement, dans la vue de l'habituer de bonne heure aux privations de toute espèce qu'on est sans cesse obligé de s'imposer dans le cours de la vie.

Emilie qui jusque-là avait été élevée en véritable enfant gâté, était vive, emportée, désobéissante, boudeuse. Pour opérer une réforme salutaire dans cette petite tête, madame Dermance veillait assidument sur elle, observait tous ses mouvemens, cherchait à lui inspirer une confiance entière, répondait nettement et de bon sens à toutes ses questions enfantines, laissait quelquefois agir son naturel pour le mieux connaître, et la redressait avec douceur et patience lorsqu'il lui arrivait de faire quelque faute. Aussi ne fut-elle pas long-temps sans jouir du succès de ses soins. Emilie, dont le naturel était bon, devint peu à peu docile et patiente sans cesser d'être gaie ; elle se montrait attentive aux avis et aux remontrances de sa maman, et cessait insensiblement d'être turbulente, sans rien perdre de son aimable vivacité.

Le père Ambroise encourageait en particulier madame Dermance, et lui faisait part de ses observations. Il insistait fréquemment sur la nécessité de cultiver le premier âge. « C'est alors, disait-il, que les enfans deviennent ardens et inquiets pour toute leur vie, si on les néglige; leur sang se brûle; leurs habitudes se forment; le corps encore tendre, et l'âme qui n'a encore aucune pente vers aucun objet, se plient vers le mal; il se fait en eux une espèce de second péché originel qui est la source de mille désordres, lorsqu'ils sont plus grands. »

Madame Dermance profitait avec zèle des leçons de Fénélon et des avis de son oncle. Mais il arrivait quelquefois que le cœur maternel mollissait et se ressentait de la faiblesse qui lui est si naturelle. On oubliait alors les principes adoptés et l'on ne suivait que l'impression du moment.

Le père Ambroise ne laissait jamais passer ces sortes de faiblesses, sans réprimander avec une douce sévérité madame Dermance; mais il le faisait toujours en particulier, de manière qu'Emilie ne pût s'en apercevoir.

Des affaires de famille ayant appelé madame Dermance à Mauriac, où demeuraient plusieurs parens de son mari, il fut convenu qu'Emilie serait du voyage. Ce devait être une grande fête pour la petite; elle allait voir ses cousins et ses cousines, et surtout bien jouer avec eux! Aussi se réjouissait-elle d'avance des bonnes parties qu'elle devait faire : tant que durait la journée, elle ne parlait à sa maman que des préparatifs de son départ, des robes qu'elle mettrait, des petits projets qu'elle formait; c'était charmant; l'attente même des plaisirs que lui préparait son imagination, l'empêchait de dormir pendant une grande partie de la nuit.

Enfin le jour si désiré arriva. Mais qu'on juge du chagrin d'Emilie. Il faisait un temps affreux; on était dans les derniers jours d'automne, époque où le temps est ordinairement fort incertain; l'air s'était subitement refroidi; le vent du nord abattait violemment le reste des feuilles jaunies qui pendaient encore aux arbres, et d'épais flocons de neige blanchissaient au

loin la terre. Le voyage devait se faire à
cheval, les chemins, dans ces montagnes
presque infréquentées, n'étant pas prati-
cables aux voitures. Madame Dermance
ne crut pas devoir exposer sa fille à l'in-
tempérie de la saison; elle - même aurait
bien voulu différer son départ; mais elle
avait promis; on l'attendait; il fallait partir. Le père Ambroise lui avait offert de
l'accompagner.

Emilie espérait toujours que le changement de temps ne changerait rien aux
petits arrangemens pris précédemment.
Aussi, quand sa maman lui annonça qu'il
lui était de toute impossibilité de l'emmener avec elle, ce furent des pleurs, des
sanglots, des cris à faire retentir toute la
maison. En vain madame Dermance lui
représentait qu'il serait imprudent et inex-
cusable de la faire voyager à cheval du
temps qu'il faisait, que sa santé pourrait
en être gravement compromise. Emilie
ne voulait point entendre raison et n'en
était que plus désolée. Alors madame Dermance, pressée de partir, et craignant

de laisser sa fille dans cet état d'irritation,
de chagrin et de colère, lui promit, pour
l'apaiser et la consoler, de l'envoyer chercher dans une petite voiture, aussitôt que
la neige ne tomberait plus.

Cette promesse produisit son effet; la
petite essuya ses larmes et ne tarda pas à
reprendre sa gaîté. Cependant nos voya-
geurs qui avaient huit lieues à faire, dans
des chemins difficiles, se disposèrent à se
mettre en marche pour arriver de jour à
la ville. Ils partirent donc enveloppés tous
deux de bons manteaux, et montés sur
des chevaux paisibles et habitués aux mauvaises routes du pays. En embrassant sa
maman, Emilie n'avait pas manqué, comme on le pense bien, de lui rappeler sa
promesse.

Dès qu'ils furent à quelque distance du
château, le père Ambroise, dont le sour-
cil froncé annonçait le mécontentement,
adressant d'un ton grave la parole à sa
compagne de voyage : « Je ne dois pas
vous dissimuler, ma chère nièce, que je
suis loin d'être satisfait de la manière dont

vous venez d'agir avec Émilie. Je sens
aussi bien que vous que la prudence nous
défendait de l'emmener. Mais pour faire
cesser ses larmes et ses cris, pourquoi lui
promettre ce que vous saviez ne pouvoir
lui tenir? A quoi cela aboutira-t-il? Sitôt
qu'elle s'apercevra que vous l'avez trompée, elle sera encore plus désolée, plus
furieuse qu'auparavant; au lieu qu'en vous
bornant à la consoler, à lui faire quelques
caresses, et à insister avec douceur sur la
justesse de vos raisons, vous l'auriez peu
à peu calmée; votre départ lui eût été
également sensible; mais du moins ne
comptant plus sur rien, par un heureux
effet de la mobilité de son âge, elle n'aurait pas tardé à s'en consoler. J'avais l'intention d'employer ce moyen, mais vous
avez parlé, et j'ai craint de faire une faute
encore plus grave, en vous reprenant devant votre petite fille à qui vous veniez de
donner, sans y penser, une leçon de mensonge. »

A ces derniers mots, madame Dermance rougit; elle sentait tout son tort;

elle l'avoua franchement, et assura son oncle qu'elle s'observerait davantage à l'avenir.

« Vous ferez fort bien, répliqua le père Ambroise, car votre exemple serait pour Emilie une autorisation bien puissante et d'autant plus funeste. Il faut que toutes les paroles que vous lui adresserez servent à lui faire aimer la vérité et à lui inspirer le mépris de toute dissimulation; ainsi vous ne devez jamais vous servir d'aucune feinte pour l'apaiser ou pour lui persuader ce que vous voulez. Par là, vous lui enseigneriez la finesse que les enfans n'oublient jamais. Il faut mener ces jeunes têtes par la raison autant qu'on le peut. »

Madame Dermance fut encore plus à même de sentir tout le prix des réflexions de son oncle, lorsqu'elle fut revenue de Mauriac. Son séjour dans cette ville n'avait duré que trois jours, mais il s'était passé bien des choses au château pendant son absence. D'abord, elle fut bien étonnée de ne pas voir accourir sa fille, au moment où elle descendait de cheval dans

la cour. La fidèle Julienne, à qui elle avait
laissé le gouvernement de l'intérieur, se
présenta toute triste devant elle, et lui apprit qu'Emilie était malade et dans son lit.
Cette nouvelle frappa madame Dermance;
elle fit au contraire sourire le bon curé qui
devinait tout le mystère de la maladie.

Ce n'était pas sans avoir le cœur bien
gros qu'Emilie avait vu partir sa mère;
pourtant elle s'en consolait un peu dans
l'espérance qu'on viendrait bientôt la
chercher, ainsi qu'on en était convenu
avec elle. Tant qu'avait duré le mauvais
temps, elle s'était tenue assez tranquille,
se contentant de faire par intervalle quelques petits mouvemens d'impatience. Mais
dans l'après-midi, le vent ayant cessé et
le soleil se montrant dans tout son éclat,
alors Emilie avait fait de nouveau ses préparatifs de départ. Elle allait à chaque
instant d'une fenêtre à l'autre, montait
même jusqu'au dernier étage pour voir,
du plus loin possible, la petite voiture et
les personnes que sa maman devait envoyer pour la prendre. Cette manœuvre

l'occupa tout le reste du jour; mais la nuit commençant à tomber, lorsqu'elle vit qu'on ne venait pas, alors s'apercevant de la tromperie, elle s'était livrée à des accès de colère dont tous les gens de la maison avaient eu beaucoup à souffrir. Le lendemain, même scène; enfin épuisée sans doute par ses cris et ses larmes, et dépitée de les voir sans succès, elle s'était déterminée à se mettre au lit, se disant bien malade, et répétant à toute minute que sa maman voulait apparemment la faire mourir de chagrin.

Quand Julienne eut fini son rapport, le premier soin de madame Dermance fut de se rendre auprès de sa chère Emilie, afin de s'assurer de l'état dans lequel elle se trouvait. Son oncle la suivit, riant sous cape de ses craintes maternelles. Emilie qui n'était malade que de colère, avait le teint d'un enfant en parfaite santé; à l'air de bouderie qui enlaidissait sa petite figure, on pouvait deviner facilement le genre de sa maladie. Le père Ambroise ne s'y méprit pas un seul instant; aussi fit-il un

signe à madame Dermance pour l'empêcher de s'abandonner à l'effusion de sa
tendresse.

Puis s'étant approché du lit de la petite
qui lui tournait le dos, pour témoigner sa
mauvaise humeur : « Eh bien, ma bonne
amie, lui dit-il, quelle nouvelle vient-on
de nous apprendre ? On dit que tu es
sérieusement malade. — Vous le voyez
bien que je le suis, répondit sèchement
Emilie; sans cela serais-je couchée ? C'est
vous et maman qui en êtes cause. — Ah !
j'en suis bien fâché, ma chère Emilie,
et d'autant plus fâché que j'avais apporté
de Mauriac de fort jolies choses pour toi,
afin de te dédommager de n'avoir pas fait
le voyage avec nous. » A ces mots, la surprise et le contentement se peignirent sur
le visage de la petite malade, et se tournant d'un air riant du côté de son grand-
oncle : « Ah ! lui dit-elle avec beaucoup de
douceur, vous avez donc pensé à la pauvre
Emilie; vous lui avez rapporté de jolis cadeaux de la ville; que je vous en remercie!
mais de grâce, montrez-les-moi. — Oh !

pas à présent, ma bonne amie, tu es malade, tu as besoin de repos.... — Ah! mon bon oncle Ambroise, je vous en prie. — Mais, Émilie, dans ta situation, je craindrais de te fatiguer; tiens-toi bien tranquille aujourd'hui; demain nous verrons, si tu vas mieux.... — Rassurez-vous, mon oncle, rassurez-vous, je vais beaucoup mieux; j'avais encore un peu mal à la tête, quand vous êtes arrivés, le plaisir de vous voir l'a entièrement dissipé, et je me sens assez forte pour me lever. »

A ce dernier trait, le père Ambroise faillit partir d'un grand éclat de rire; il se retint pour ne pas laisser perdre l'occasion de faire une semonce à sa petite nièce. Dès qu'Emilie fut habillée, elle vint retrouver son grand-oncle et sa maman qui étaient passés dans la pièce voisine et se communiquaient leurs réflexions au sujet de la malice de leur enfant chéri. Elle courut les embrasser tous deux; mais s'apercevant de l'air sévère du père Ambroise, elle se rejeta dans les bras de madame Dermance, comme pour cacher sa

confusion dans le sein maternel. Alors le
grand-oncle rappela l'esclandre faite dans
la maison par Emilie, et le tourment
qu'elle avait causé à tous les domestiques;
puis il lui représenta combien était blâmable une pareille conduite, surtout dans
une petite fille de son âge. « Cela est
affreux! poursuivit le curé; comment!
toi qui devrais presque diriger la maison
pendant l'absence de ta maman, c'est toi
qui es la première à y faire naître le désordre! On t'avait promis de t'emmener,
cela est vrai; mais c'eût été une impru-
dence très-grave de le faire, parce qu'il
en pouvait résulter pour toi une maladie
réelle au lieu de la maladie imaginaire
dont je viens de te guérir si subitement.
D'ailleurs, dans tous les cas, une demoiselle bien élevée doit obéir sans murmurer
à la volonté de ses parens et toujours être
persuadée qu'ils ne veulent que son bien.
J'avais apporté de jolis cadeaux pour une
petite fille bien docile, bien sage; mais
comme je ne trouve ici qu'un petit dé-
mon, je les garde jusqu'à ce que j'aie

rencontré quelqu'un qui les mérite. »

Pendant cette réprimande, Emilie, toujours appuyée sur le bras de sa mère,
fondait en larmes, et ses sanglots attestaient son repentir. Le père Ambroise,
satisfait et touché, la prit doucement par
la main et l'attira à lui; elle tomba à ses
genoux, et les deux mains jointes, lui
demanda pardon, ainsi qu'à sa maman,
promettant bien de ne plus retomber dans
la même faute à l'avenir. Contents de cette
expiation, le grand-oncle et la maman la
relevèrent, l'embrassèrent et la paix fut
faite.

Le père Ambroise se disposait à aller
chercher les présens qu'il avait achetés
pour Emilie; mais celle-ci, fière et modeste tout à la fois, le retint en lui disant
qu'elle ne voulait point avoir ce dont elle
se reconnaissait indigne, qu'elle le priait
même de ne point lui montrer ses emplet-
tes, et qu'elle allait travailler à les mériter
à titre de récompense. Le père Ambroise
la félicita de cette belle résolution et l'en-
couragea fortement à ne pas l'oublier.

CHAPITRE IV.

Emilie rachète une faute par une bonne action.
— La pauvre mendiante et ses petits enfans.

Emilie ne tarda pas à trouver une occasion d'effacer le souvenir de sa conduite
et la mauvaise opinion qu'elle avait pu
donner sur son compte à son grand-oncle
et à sa petite maman. Depuis huit jours
que madame Dermance était de retour de
Mauriac, la petite s'était tenue constamment dans les bornes de ses devoirs, sans
fournir le moindre sujet de mécontentement. Mais elle allait bientôt faire oublier
ses torts d'une manière bien autrement
louable.

Un matin qu'Emilie se promenait dans
la petite cour du château, une femme
dont la figure pâle et maigre annonçait la
souffrance, et dont les haillons attestaient
la misère, parut à la porte, tenant sur
son bras un petit enfant à la mamelle, et

donnant la main à une petite fille de
quatre ans. Ces trois pauvres malheureux
étaient transis de froid; la petite fille
pleurait de la douleur qu'elle ressentait.
A la vue de ces étrangers, les gros chiens,
gardiens vigilans du château, s'élancèrent
vers eux en aboyant de toutes leurs forces.
Le vacarme qu'ils faisaient attira l'attention d'Emilie qui accourut aussitôt.

« Hélas! ma bonne petite demoiselle,
lui dit la pauvre femme d'un ton tout-à-
fait piteux, ayez compassion d'une malheureuse veuve que la misère et la maladie forcent d'aller mendier du pain, de
porte en porte, pour ses deux orphelins.
Assistez-nous, je vous en prie, vous serez
notre bon ange et Dieu vous bénira. »

Vivement touchée de la triste situation
de cette pauvre femme, Emilie aurait
bien voulu lui donner quelque secours,
mais elle n'avait pas d'argent à sa disposition. Tout ce qu'elle possédait était ren-
fermé dans une tire-lire en faïence, où elle
ramassait, sou à sou, tout l'argent qu'elle
recevait de ses parens, afin de l'employer

à acheter à sa maman un beau présent
pour le jour de sa fête. Elle eût bien désiré
ne pas y toucher avant l'époque déterminée, mais le douloureux spectacle qu'elle
avait sous les yeux, cette femme que sa
maigreur rendait semblable à un spectre,
ce petit enfant si chétif, si délicat, dont
le visage était tout violet de froid, cette
petite fille presque nue, obligée de traîner
à ses pieds de gros sabots, firent tant
d'impression sur le cœur d'Emilie, qu'en
un instant elle eut pris la résolution de
faire le sacrifice de son trésor en faveur
de ces infortunés.

« Entrez dans la cour, bonne femme,
dit-elle à la mendiante ; je suis à vous
tout à l'heure. »

Et elle courut rapidement vers l'escalier
qui conduisait à la chambre de sa maman.
Là, elle se saisit, en tremblant de joie,
de la précieuse tire-lire, et la jetant de
toutes ses forces sur le carreau, elle la
brisa, afin de réaliser son petit avoir et
d'en faire plus facilement l'offre à la pauvre veuve. Mais le bruit causé par la tire-

lire qui se brisait, et par les pièces d'argent et de monnaie roulant de tous côtés,
s'était fait entendre du salon où se trouvaient en ce moment madame Dermance
et son oncle.

Le père Ambroise ouvrit aussitôt la fenêtre pour savoir ce qui était arrivé. Mais
déjà Emilie avait ramassé tout son argent,
était descendue et traversait la cour d'un
air fort affairé. Curieux de connaître ce
qu'elle allait faire, il la suivit des yeux en
appelant madame Dermance : quelle fut
la joie de l'oncle et de la mère, en décou-
vrant la bonne action de leur aimable
élève !

« Tenez, ma brave femme; dit Emilie
en s'approchant de la mendiante, tenez,
voilà pour vous aider à acheter des habits
plus chauds pour vous et vos petits enfans; je regrette de n'avoir pas davantage,
je vous le donnerais d'aussi bon cœur.
Une petite fille comme moi n'a pas beaucoup d'argent, mais vous pouvez prendre
celui-là sans crainte, il était bien à moi,
et maintenant il est à vous. Vous prierez

Je regrette de n'avoir pas d'avantage; je vous le donnerais d'aussi bon cœur.

bien le bon Dieu pour ma petite maman, pour moi et pour mon oncle le curé. Ce bon oncle, c'est lui qui m'a appris que les prières du pauvre attiraient les bénédictions du ciel sur ceux qui sont charitables. »

La pauvre femme faisait mille remercîmens à sa petite aumônière ; des larmes de joie coulaient de ses yeux et exprimaient encore bien mieux sa reconnaissance que les paroles qu'elle balbutiait. Emilie prit la petite fille par la main, et faisant signe à la mère de la suivre, elle les conduisit à la cuisine du château, afin qu'elles pussent s'y réchauffer. La bonne Julienne qui se trouvait là, ayant su ce dont il s'agissait, seconda avec zèle l'empressement bienfaisant de sa jeune maîtresse ; elle fit asseoir ces trois malheureuses créatures auprès d'un bon feu, et leur prépara à la hâte de quoi faire un solide repas.

En ce moment, le père Ambroise et madame Dermance qui avaient tout vu et tout entendu, entrèrent dans la cuisine. Bien sûre de ne pas être grondée, Emilie courut à eux, et leur fit, dans son langage simple et naïf, un tableau si touchant de la misère de la pauvre veuve et de ses orphelins, qu'ils ne purent s'empêcher d'en verser des larmes d'attendrissement.

Le père Ambroise, qui désirait de tout son cœur adoucir le sort de cette malheureuse mère, lui adressa quelques questions touchant le canton d'où elle venait et les moyens d'existence qu'elle pouvait s'y procurer. Celle-ci lui répondit avec candeur qu'elle était d'une paroisse à trois lieues du château, que la mort de son mari l'avait laissée dans de grands embarras, qu'elle s'était vue forcée d'abandonner sa chaumière, son unique bien, à d'impitoyables créanciers, et que, depuis lors, elle parcourait les campagnes, mendiant son pain sur le seuil de chaque maison, et n'ayant d'autre gîte que les étables ou les granges où l'on voulait bien lui laisser passer la nuit.

A ce récit, le père Ambroise dont le cœur bon et compatissant était toujours sensible aux peines d'autrui, se mit à chercher quelque moyen de mettre cette pauvre femme à l'abri d'une si cruelle misère. Il paraissait vivement ému; madame Dermance ne l'était pas moins. Enfin celle-ci, après avoir réfléchi un moment : « Mon oncle, mon oncle, s'écria-t-elle, ne cherchez pas davantage; j'ai trouvé ce qu'il faut pour cette bonne mère; ma belle-sœur de Mauriac est sur le point d'accoucher; il lui faudra une nourrice, puisque sa mauvaise santé et ses occupations ne lui permettent pas d'allaiter elle-même ses enfans; cette femme pourra lui en tenir lieu, je pense; le contentement et une bonne nourriture lui auront bientôt rendu les forces et la santé; dès-lors elle fera parfaitement l'affaire; et je suis persuadée qu'elle sera fort heureuse dans cette maison, où plus tard on sera toujours à même de l'occuper utilement. »

Le père Ambroise applaudit avec transport à cette proposition; il embrassa sa nièce ainsi qu'Emilie, et comme il n'y avait pas de temps à perdre, il alla sur-le-champ chercher son cheval, et partit pour Mauriac, afin de prévenir qu'on avait retenu une nourrice, et pour qu'on n'en cherchât pas d'autre.

La veuve et ses enfans restèrent donc au château, où ils furent bien choyés par la mère et la fille. Dès le lendemain, dans la matinée, le bon curé était déjà de retour, rapportant les meilleures nouvelles; il avait pris, en passant, des informations sur la veuve, et elles étaient très-satisfaisantes; de plus, madame Chazal, belle-sœur de madame Dermance, s'était empressée d'accueillir son offre; elle avait pris le plus vif intérêt au récit qu'il lui avait fait de la position de la veuve qu'on lui proposait comme nourrice, et désirait qu'on la lui envoyât le plus tôt possible.

Le même jour, une occasion favorable s'étant présentée, la veuve prit congé de ses bienfaiteurs, leur donnant mille bénédictions, et remerciant Dieu de lui avoir ménagé une rencontre si heureuse.

Cependant le père Ambroise n'avait eu garde d'oublier la bonne action d'Emilie et le généreux sacrifice qu'elle venait de

faire. Il ne pouvait trouver de moment
plus propice pour lui donner, à titre de
récompense, les petits cadeaux qu'il avait
achetés pour elle, et il était bien sûr que,
cette fois, ils ne seraient pas refusés.

Mandée par son oncle, Emilie se rendit
au presbytère. Ce ne fut pas sans plaisir,
et sans une certaine curiosité qu'elle pro-
mena ses regards sur une table où se
trouvaient rangés plusieurs objets fort
séduisans. C'étaient de fort beaux livres
reliés avec goût, un bel étui d'émail orné
de petites perles, un joli sac à ouvrage
avec une brillante fermeture d'acier et
une grande collection d'images coloriées
avec soin. La petite s'approcha de son
grand-oncle, les yeux toujours attachés
sur toutes ces belles choses.

« Eh bien! Emilie, lui dit le curé,
es-tu toujours d'humeur à refuser mes
cadeaux? Je pense qu'aujourd'hui tu ne
m'obligeras pas de les remettre dans mon
armoire.

« — Oh! non, mon bon oncle, répliqua la
petite en souriant. Si je les ai refusés l'autre

jour, c'est parce que j'avais été méchante
et parce que j'avais donné du chagrin à
maman et à ma bonne. Mais comme depuis j'ai été bien sage, si vous voulez bien
me les donner, ce sera pour moi un
plaisir et même un triomphe de les recevoir.

« — Prends-les, ma bonne amie, lui dit
le père Ambroise en l'embrassant, et force-
moi à t'en donner encore de plus beaux,
en continuant d'être raisonnable; je te
promets que ce sera pour moi une douce
satisfaction. Tiens, voilà un sac pour mettre ton ouvrage, un étui plein d'aiguilles
pour coudre, un livre pour aller à la messe;
cet autre est l'histoire de l'Ancien et du
Nouveau-Testament; nous le lirons quelquefois ensemble; celui-là, qui est rempli
de gravures où tu vois figurer toutes sortes
d'animaux, contient les fables de La Fon-
taine; tu les apprendras par cœur, et ta
maman t'en expliquera le sens moral.
Quant à cette collection d'images, tu sais
mieux que moi ce que tu en feras. »

Emilie était ravie. Ce qui la flattait le

plus, c'étaient les livres. Elle commençait
à lire passablement. Quoiqu'à peine âgée
de sept ans, elle n'était pas une ignorante
pour un âge aussi tendre. Pourtant on
ne l'avait nullement tourmentée pour la
lecture. Ce qu'elle savait, elle l'apprenait
pour ainsi dire en se jouant. Le père Ambroise répétait souvent qu'il fallait craindre de faire des femmes des savantes ridicules, mais qu'aussi on devait éviter
l'excès contraire, et donner des soins attentifs à la culture de leur esprit.

CHAPITRE V.

Émilie n'est pas peureuse, pourquoi? — Elle aime une méchante fille qui la gâte, et déteste la fidèle Julienne qui la reprend de ses fautes. — Comment on la guérit de ces préventions injustes.

MALGRÉ les heureuses dispositions d'Emilie et l'extrême tendresse de ses parens, on évitait autant que possible de s'extasier, en sa présence, sur les saillies naïves et spirituelles qui lui échappaient fréquemment, et l'on se trouvait fort bien de cette sage réserve. Souvent le plaisir que l'on veut tirer des jolis enfans, les gâte; on les accoutume à hasarder tout ce qui leur vient dans l'esprit, et à parler des choses dont ils n'ont pas encore de connaissances distinctes. Il leur en reste toute leur vie l'habitude de juger avec précipitation et de dire des choses dont ils n'ont pas d'idées claires; ce qui fait un très-mauvais caractère d'esprit.

D'après l'excellent plan d'éducation que
suivait madame Dermance, on s'était surtout attaché à prémunir Emilie contre
une foule de préjugés qui s'attachent si
facilement au cerveau de l'enfance, et y
laissent presque toujours des impressions
qui durent toute la vie. Dans un pays
comme la Haute-Auvergne, où les supers-
titions populaires abondent ainsi que dans
toutes les montagnes, il était assez difficile
de se tenir parfaitement en garde contre
ce fléau. A force de soins on y était parvenu. Les domestiques de la maison avaient
reçu la défense de parler, devant Emilie,
de fantômes, de revenans et autres sot-
tises semblables; ou bien s'ils en parlaient,
ce ne devait être que pour en rire. Aussi
la petite n'avait-elle jamais de ces terreurs
paniques qui font tant de mal aux enfans,
et qui influent d'une manière si funeste
sur leur moral, lorsqu'ils sont devenus
grands.

Si on doute du pouvoir que ces premiers préjugés de l'enfance exercent sur
les hommes, on n'a qu'à voir combien le

souvenir des choses qu'on a aimées à cet
âge est encore vif et touchant dans un âge
plus avancé. Si, au lieu de donner aux
enfans de vaines craintes des fantômes et
des esprits ; si, au lieu de les laisser suivre
toutes les imaginations de leurs nourrices
pour les choses qu'ils doivent aimer ou
fuir, on s'attachait à leur donner toujours
une idée agréable du bien et une idée
affreuse du mal, cette prévention leur fa-
ciliterait beaucoup par la suite la pratique
de toutes les vertus. Mais, au contraire,
on leur fait craindre un prêtre vêtu de
noir, on ne leur parle de la mort que
pour les effrayer; on leur rapporte que
les morts reviennent la nuit, sous des
figures hideuses; tout cela n'aboutit qu'à
rendre une âme faible et timide, et qu'à
la préoccuper contre les meilleures choses.

A l'aide des précautions qu'on avait prises à cet égard, Emilie avait été mise à l'a-
bri de ce danger. Loin d'être peureuse,
elle faisait souvent preuve de courage et de
fermeté. La nuit, la plupart des enfans,
même quand ils sont déjà grands, crient,

pleurent ou tremblent, si on les laisse
seuls. Emilie, le soir, allait sans lumière,
dans telle chambre qu'on lui désignait,
sans jamais manifester la moindre émotion, ni même de répugnance. Le tonnerre
lui-même, qui fait quelquefois pâlir les
hommes d'ailleurs les plus braves, ne lui
causait aucune frayeur. Seulement, quand
la foudre se faisait entendre avec fracas,
elle se mettait à genoux devant un cru-
cifix, à l'exemple de sa mère, et répétait
les prières que celle-ci adressait à Dieu
pour qu'il ne permît pas qu'aucun malheur arrivât.

Dès l'âge le plus tendre, les enfans
cherchent ceux qui les flattent et fuient
ceux qui les contraignent : on peut donc
compter qu'ils ont dès-lors plus de connaissance qu'on ne l'imagine d'ordinaire.
Emilie ne pouvait souffrir Julienne, parce
que celle-ci, quoique fort bonne fille, ne
lui passait aucune de ses fautes ; et, en
cela, elle ne faisait que remplir un de ses
devoirs, car madame Dermance et le père
Ambroise le lui avaient recommandé très-

expressément. Cet éloignement, de la part d'Emilie, allait même jusqu'à l'aversion ; elle ne manquait jamais de dire à sa maman les choses qui pouvaient être de nature à attirer des réprimandes à Julienne.

Il y avait dans la maison une autre domestique nommée Annette, fille très-hypocrite et très-mielleuse qui, par une complaisance condamnable, s'était mise en possession des bonnes grâces d'Emilie. La petite convoitait-elle quelque friandise, elle la lui donnait aussitôt et en cachette, malgré les ordres de madame Dermance. Lorsque Emilie était grondée, elle venait soudain la caresser et lui dire du mal de ceux qui lui causaient du chagrin. Aussi la petite regardait-elle Annette comme sa confidente, répétant à tout propos l'éloge de cette fille.

Cette prédilection n'échappa pas à l'œil vigilant de madame Dermance. Elle communiqua son observation à son oncle : celui-ci lui avoua qu'il l'avait déjà faite et qu'il croyait en avoir pénétré les motifs.

La maman d'Emilie n'était pas à beaucoup près aussi contente d'Annette que
la petite fille. Les rapports qu'elle recevait à chaque instant sur le compte de
cette domestique, attestaient que sa conduite pouvait au moins donner lieu à des
soupçons ; et elle ne la gardait chez elle
que par bonté d'âme et par égard pour
ses parens qui étaient pauvres, âgés et
infirmes. On avait bien d'autres raisons
pour garder la vertueuse et fidèle Julienne.

Madame Dermance entreprit donc de
corriger sa fille de cette injuste préférence.
Mais, pour y réussir, elle se garda bien
d'aller droit à son but. Un ton d'autorité
absolu eût été un remède encore pire que
le mal. Madame Dermance s'y prit tout
autrement. Les paroles qu'elle adressait à
Julienne, pour qui elle avait d'ailleurs un
sincère attachement, étaient plus que de
coutume assaisonnées de douceur et même
d'égards. Son ton et ses gestes, quand elle
lui parlait, prouvaient qu'elle faisait d'elle
un cas tout particulier. Elle ne cessait de
rappeler à Emilie les soins, les attentions,

les prévenances que cette bonne fille avait
pour elle, sans jamais y attacher d'importance. « Vois, ma bonne amie, disait-
elle souvent à sa fille, comme Julienne a
soin de toi ; c'est elle qui tient dans un
si bon état toute ta petite garde-robe ; elle
a veillé une partie de la nuit dernière
pour achever ta belle robe, afin que tu
puisses la mettre aujourd'hui dimanche
pour aller à la messe. Elle t'aime bien,
ma pauvre Émilie ; tu peux t'en apercevoir
lorsque tu es malade. Je suis assurée que
si tu me perdais, tu retrouverais en elle
une seconde mère ; et pourtant il me semble que tu n'as pas pour elle toute l'affection qu'elle mérite. Il est vrai qu'elle
ne te gâte ni ne te flatte, mais c'est encore
par tendresse pour toi. Et d'ailleurs, si elle
agissait autrement, elle serait bien sûre
de s'attirer mes reproches. »

A de tels discours, la petite rougissait
et tâchait de s'excuser ou de motiver ses
griefs contre Julienne. Sa maman la reprenait avec douceur et l'engageait à se
comporter toujours de manière à ne jamais

mériter de passer pour une ingrate, l'ingratitude étant le plus hideux vice du cœur.

La conduite de madame Dermance à l'égard d'Annette, était bien différente. Elle prit avec cette domestique un ton sec, ferme, laconique. Naturellement douce et indulgente, il lui en coûtait beaucoup de s'exprimer ainsi. Mais outre qu'Annette nuisait à l'éducation d'Emilie par ses caresses et ses cajoleries, elle était encore fainéante, babillarde, menteuse, et ne paraissait pas douée d'une fidélité à toute épreuve. C'est pourquoi madame Dermance finit par se faire moins violence pour la traiter comme elle le méritait. Elle la regardait à peine quand elle lui donnait quelque ordre : l'air de son visage et le son de sa voix marquaient très-visiblement le peu d'estime qu'elle avait pour elle.

Le père Ambroise crut devoir aussi concourir à cette conversion, et se conduisit, par rapport aux deux domestiques, de la même manière que madame Dermance.

Cette manœuvre amena bientôt un heureux résultat. Les attentions dont Julienne
devint l'objet, et le dédain marqué qui
était le partage d'Annette, n'échappèrent
point à Emilie. Les conversations de madame Dermance firent le reste. Elle finit
par voir, comme sa maman et son grand-
oncle, dans la bonne Julienne une créa-
ture aimante et d'une affection sincère et
désintéressée. Diverses circonstances lui
ouvrirent aussi les yeux sur la cause des
caresses d'Annette. Elle reconnut que celle-ci ne lui donnait souvent des confitures
ou autres friandises, que pour avoir occasion d'en manger elle-même; qu'elle ne
disait tant de mal de Julienne, que pour
parvenir à faire renvoyer cette domestique.

Ce mauvais sujet ne tarda pas à être
punie de ses défauts et de ses vices. Une
pièce d'argenterie ayant disparu dans la
maison, tous les soupçons planèrent sur
Annette, et bientôt l'on acquit la certitude
de ce larcin. Mais madame Dermance ne
voulut pas livrer cette malheureuse à la

justice, de peur de réduire sa famille au désespoir; elle se borna à la renvoyer, après lui avoir fait une touchante exhortation.

Cette circonstance, déplorable en elle-même, acheva d'éclairer la petite Emilie, et fut pour elle un mémorable avertissement de ne plus trop se fier aux apparences, et de ne plus se laisser prendre aux démonstrations flatteuses de beaucoup de personnes.

CHAPITRE VI.

Émilie corrigée par une leçon indirecte. — Fête
du village. — La fierté d'Émilie punie.

On voit que le mode d'éducation , suivi
par madame Dermance , obtenait insensiblement des succès bien propres à encourager. Émilie gagnait de jour en jour
en gentillesse et en amabilité. On ne s'ex-
tasiait jamais devant elle , lorsqu'elle parlait, et, par ce moyen, on évitait de lui
inspirer un sot orgueil qui n'est que trop
commun chez les enfans adulés par leurs
parens. On voit beaucoup de ces petits
individus qui croient qu'on s'entretient
d'eux , toutes les fois qu'on parle en secret,
parce qu'ils ont remarqué qu'on le fait
souvent; ils s'imaginent n'avoir rien en
eux que d'extraordinaire et d'admirable !
Madame Dermance prenait le plus grand
soin de sa fille, sans lui laisser voir qu'elle
pensât beaucoup à elle. Elle lui montrait

que c'était par amitié et par besoin qu'elle
prenait tant d'attention à sa conduite, et
non par admiration pour son esprit, se
contentant de la former peu à peu, selon
les occasions qui se présentaient naturellement; et, en cela, on ne saurait trop
imiter sa méthode; car quand même on
pourrait avancer l'esprit des enfans sans
les presser, on devrait craindre de le faire;
le danger de la vanité et de la présomption
est toujours plus grand que le fruit de ces
éducations prématurées qui font tant de
bruit.

Guidée par les instructions de son oncle,
madame Dermance se contentait de suivre
et d'aider la nature. Comme tous les autres
enfans, Emilie ignorait beaucoup de choses; elle avait donc beaucoup de questions
à faire; aussi ne les épargnait-elle pas, et
il n'était pas toujours facile d'y répondre.
Madame Dermance s'en tirait ordinairement avec le plus de précision possible, et
ajoutait par fois certaines petites compa-
raisons pour rendre plus sensibles les éclair-
cissemens qu'elle lui donnait. Si la petite

s'avisait de juger quelque chose, sans le
bien savoir, comme cela arrive souvent
dans le jeune âge, et même dans un âge
beaucoup plus avancé, madame Dermance
l'embarrassait par quelques questions nouvelles, pour lui faire sentir sa faute, sans
toutefois la confondre rudement; et en
même temps lui montrait, non par des
louanges vagues, mais par quelque marque
effective d'estime, qu'elle l'approuvait bien
plus quand elle se contentait de douter ou
demandait qu'on lui expliquât ce qu'elle
ne savait pas, que lorsqu'elle décidait le
mieux. Elle insinuait ainsi, avec beaucoup
de douceur, dans l'esprit de son Emilie,
une modestie véritable, et un grand mépris pour les contestations qui sont si ordinaires aux jeunes personnes peu éclairées.

Le bon père Ambroise passait la plus
grande partie de ses soirées chez madame
Dermance; tantôt il jouait avec sa petite
nièce, tantôt il faisait quelque bonne lecture à haute voix. Un jour qu'il lisait des
histoires édifiantes qui n'étaient pas du
goût d'Emilie, celle-ci qui aurait beau-

coup mieux aimé jouer, se mit à aller et venir, et à murmurer contre la lecture, disant d'un ton tranchant qu'elle trouvait toutes ces histoires fort ennuyeuses et nullement propres à l'éducation des enfans.

On fit d'abord semblant de ne pas entendre ce qu'elle disait. Mais le père Ambroise ayant terminé un chapitre, laissa tomber son livre, et, ôtant ses lunettes, entama quelques réflexions sur ce qu'il venait de lire, s'attachant à en faire ressortir, de la manière la plus sensible, les sages leçons qu'on pouvait y puiser. Il amena ensuite adroitement la conversation sur les personnes vaines, sottes et ignorantes qui prononcent, sans la moindre hésitation, sur les choses qu'elles ignorent le plus complétement et qui sont au-dessus de leur faible portée. Émilie l'écoutait attentivement. Cette attaque imprévue la déconcerta; elle rougit de honte et un peu de dépit. Le père Ambroise qui s'apercevait bien de son trouble, mais qui n'avait pas l'air d'y faire la moindre attention, continua à parler sur le même ton, pendant

près d'un quart d'heure. Emilie était fort
mal à son aise; cette réprimande indirecte
ne manqua pas son but, et la petite ne
s'exposa plus à en recevoir de pareilles.

L'année suivante, quand elle fut devenue plus habile en lecture, les mêmes
histoires édifiantes lui étant tombées sous
la main, elle prit tant de goût pour cet
ouvrage, qu'elle avait peine à le quitter, même pour vaquer à ses autres devoirs. Madame Dermance s'en aperçut,
et lui demanda ce qu'elle pensait de ce
livre. « Ah! maman, lui répondit Emilie,
combien j'ai honte d'avoir osé en dire du
mal, avant d'être à même d'en connaître
le prix. Maintenant je le trouve très-amu-
sant et il m'intéresse infiniment. — Tu
vois, lui dit madame Dermance, que tu
es plus raisonnable à présent que tu ne
l'étais l'année passée. Dans un an, tu
verras encore des choses que tu n'es pas
capable de voir aujourd'hui. Si, l'année
dernière, tu avais voulu juger des choses
que tu sais maintenant, et que tu ignorais
alors, tu en aurais fort mal jugé. C'est un

grand tort de prétendre savoir ce qui est au-delà de notre portée. Il en est de même aujourd'hui des choses qui te restent à connaître. Tu verras un jour combien tes jugemens présens sont imparfaits. Cependant fie-toi aux conseils des personnes qui jugent comme tu jugeras toi-même, quand tu auras leur âge et leur expérience. »

La curiosité est un penchant de la nature qui va comme au devant de l'instruction. Madame Dermance ne manquait jamais d'en profiter à l'égard de sa fille. A l'aspect d'un objet nouveau, Emilie commençait aussitôt ses questions. Si elle rencontrait un moulin à eau, elle voulait savoir ce que c'était et quel usage on en faisait. Sa maman lui apprenait que cette machine hydraulique servait à moudre le blé, à le réduire en farine pour en fabriquer le pain dont se nourrit l'homme. Si des moissonneurs travaillaient dans la campagne, nouvelles questions de la part d'Emilie. Il fallait lui expliquer comment on sème le blé, comment il germe et se

multiplie dans le sein de la terre, enfin
la manière de le moissonner pour le battre ensuite en grange et le porter au
moulin.

Dans un de ses voyages à Mauriac, madame Dermance ayant emmené sa fille, ce
fut encore bien autre chose. Elle n'avait
pas vu de ville, depuis son départ de Paris.
A chaque pas de nouveaux objets provoquaient de nouvelles interrogations. Elle
demandait des renseignemens sur tous les
ateliers où s'exerçaient des arts et des
métiers, et sur les boutiques où l'on ven-
dait telles ou telles marchandises. Loin de
s'impatienter de toutes ces demandes, la
bonne mère en était enchantée et paraissait prendre plaisir à donner les explica-
tions qu'on lui demandait. Par là elle
enseignait insensiblement à sa fille comment se font toutes les choses qui servent
à l'homme et sur lesquelles roule le commerce. Peu à peu, et sans étude particu-
lière, Emilie se familiarisait avec la bonne
manière de faire toutes ces choses et avec
le juste prix de chacune, ce qui est le

vrai fond de l'économie domestique. Ces
connaissances, qui ne doivent être mépri-
sées de personne, puisque tout le monde a
besoin de ne se pas laisser tromper dans
sa dépense, sont principalement nécessaires aux filles.

Un défaut qui n'est que trop ordinaire
chez les enfans des riches, et qu'il importe de corriger de bonne heure, c'est la
fierté. Les domestiques devraient être plus
intéressés que personne à la réprimer, et
bien souvent ils font tout le contraire. C'é-
tait ainsi qu'Emilie avait insensiblement
changé de ton et de manière à l'égard des
petits paysans et des petites paysannes des
environs. Dans le commencement, elle
s'était montrée fort honnête avec eux et
les traitait presqu'en petits camarades;
mais gâtée par quelques-uns des gens du
château, qui lui avaient fait observer
qu'une demoiselle comme elle doit garder
son rang et ne pas se compromettre avec
ses inférieurs, mademoiselle Dermance
répondait à peine par un signe de tête à
ceux qui lui faisaient les saluts les plus

respectueux, et ne leur adressait la parole qu'avec un air de grandeur et de protection. Une telle fierté ne convient à personne, à plus forte raison devait-elle être ridicule dans un enfant de huit ans.

Emilie s'était fait beaucoup d'ennemis par ce travers. C'est celui que les inférieurs pardonnent le moins. Il n'échappa ni à madame Dermance ni à l'oncle Ambroise, qui attendirent une occasion favorable pour y apporter remède. Toutefois, en attendant, ils redoublèrent de politesse et d'affabilité envers tous les paysans qu'ils rencontraient.

L'Assomption de la sainte Vierge était la fête de la paroisse, fête fort chômée dans tout le canton. Ce jour-là, après la célébration solennelle de l'office divin, le plaisir et la joie rémplissaient le reste du temps. Des jeux de plusieurs espèces et des danses étaient le partage de la bruyante jeunesse, tandis que les pères et mères de famille et les vieillards, assis paisiblement sur la verdure, à l'ombre des chênes touffus, et vidant quelques bouteilles de vin du Rouergue, semblaient rajeunir à la vue des divertissemens de leurs enfans.

Ce jour étant venu, madame Dermance, qui savait que sa présence, dans de semblables occasions, flattait toujours ces bons villageois, ne manqua pas d'aller, dans l'après-midi, du côté de la pelouse qui était le rendez-vous général. Emilie la suivait ainsi que le bon père Ambroise. Dès qu'ils parurent, de naïves et sincères acclamations se firent entendre de toutes parts, la musette s'interrompit, les danses commencées restèrent suspendues. Tous les paysans, leur grand chapeau à la main, saluaient le curé et sa nièce, avec un respect mêlé de marques d'attachement. Le père Ambroise était touché jusqu'aux larmes. « Continuez à vous amuser, mes bons amis, leur dit-il; nous ne venons pas au milieu de vous pour troubler vos amusemens; nous voulons, au contraire, y prendre part, en jouissant du coup d'œil. Amusez-vous, mes enfans; un moment de distraction est bien permis à des gens obligés comme vous de travailler sans relâche toute l'année. »

L'invitation du bon père Ambroise n'eut pas besoin d'être réitérée. En un moment, les danseurs eurent repris leurs places, et la musette commença d'exécuter une des plus jolies bourrées. Il fallait voir les sauts et les bonds des Vestris montagnards, et entendre leurs pas rapides et mesurés, leurs claquemens de mains, le frappement cadencé de leurs pieds et les cris de joie perçans qu'ils poussaient par intervalles.

Madame Dermance, assise sur la pelouse, entre son oncle et sa fille, riait de tout son cœur de la gaîté folâtre de cette heureuse jeunesse, lorsqu'un des plus habiles danseurs, s'approchant, le chapeau bas, vint la prier de lui faire l'honneur de danser une bourrée avec lui. « Très-volontiers, mon ami, lui répondit madame Dermance ; je connais fort peu cette danse, mais je l'essaierai avec plaisir. «Tout fier de la faveur qu'il venait d'obtenir, le jeune homme conduisit madame Dermance comme en

triomphe. Celle-ci se tira fort bien de la
bourrée pour une parisienne, et fut ra-
menée auprès de son oncle, avec des remercîmens intarissables.

La petite Emilie, qui depuis qu'elle
était dans le pays, avait eu le temps de
se familiariser avec la danse des montagnards et n'en connaissait pas d'autre,
fit quelques observations critiques sur la
manière dont sa maman avait dansé. « Tu
verras, lui disait-elle, comme je m'en
acquitterai, moi, quand on va venir me
prier pour danser. » Puis elle préludait en
faisant des pas et des gambades devant
son oncle et sa maman.

Cependant un second danseur vint in-
viter madame Dermance, puis un troi-
sième, enfin la plupart des jeunes gens qui
se trouvaient là. Madame Dermance n'en
refusait aucun et paraissait prendre beaucoup de plaisir à cet exercice. Emilie,
qu'on n'invitait point, se mordait les lèvres, se tirait les doigts, fort embarrassée
de cacher son secret mécontentement.
Lorsqu'elle vit la soirée s'avancer et que

4*

personne ne s'occupait d'elle, des larmes
furent sur le point de s'échapper de ses
yeux.

Le curé et madame Dermance n'avaient
pas l'air d'y faire la moindre attention.
Celle-ci dansait chaque fois qu'on l'en
priait. Emilie, le cœur gros, soupirait de
temps en temps.

Le moment était favorable pour appliquer la leçon; on en profita. Un petit
garçon de treize à quatorze ans, d'une
figure aussi douce qu'intéressante, s'étant
présenté pour servir de nouveau *partner*
à madame Dermance, celle-ci donna pour
excuse qu'elle était très-fatiguée, et montrant Emilie au jeune danseur : « Tenez,
lui dit-elle, voilà ma fille qui n'a pas encore dansé; que ne l'invitez-vous? — Ah!
madame, je n'oserais, reprit naïvement
le petit villageois; mam'selle n'est pas
comme vous, elle est fière; elle nous regarde à peine quand nous la rencontrons;
comment voudrait-elle consentir à danser
avec le pauvre Jeannot, le pâtre du village? — Mais, mon ami, en l'invitant à

danser avec vous, c'est un honneur que vous lui faites ; je ne vois pas comment elle pourrait le refuser, sans se faire tort à elle-même. Qu'en penses-tu, Emilie ? — Maman, répondit la petite en rougissant, je ne refuse pas de danser ; je sens que... j'accepterai même avec plaisir, et je serai heureuse, si je puis en même temps faire oublier mes torts passés. »

Enhardi par ces paroles, le jeune pâtre présenta la main à Emilie qui lui donna la sienne de bonne grâce, et exécuta une montagnarde avec beaucoup de prestesse et de légèreté. Après ce début, les danseurs vinrent en foule, et le reste de la soirée se passa si agréablement pour Emilie qu'elle eut lieu d'être satisfaite d'avoir dépouillé sa fierté.

Cette leçon, qui n'avait pas eu l'air d'en être une, fit sur Emilie une impression plus profonde que toutes les remontrances qu'on aurait pu lui adresser. Dès-lors elle s'attacha à faire oublier, par des manières prévenantes et des paroles affables, l'opinion défavorable que tout le

monde avait conçue sur son compte. Les
villageois ne craignaient plus de l'aborder,
et quand ils avaient quelque grâce à demander à madame Dermance, c'était un
plaisir pour Emilie d'être leur interprète et
leur avocat. Par ce moyen, elle parvint à
se concilier tous les cœurs, et madame
Dermance pouvait s'applaudir de plus en
plus du succès de ses soins.

CHAPITRE VII.

Nouveaux petits personnages. — Émulation d'É-
milie. — Elle enseigne ce qu'elle sait à son cousin Jules et à sa cousine Louise. — Lettres qu'ils
écrivent à madame Chazal.

VERS le même temps, il vint au château
de la compagnie pour Emilie. Deux des
enfans de madame Chazal y arrivèrent,
sur l'invitation de leur tante, pour passer
le reste de la belle saison. Jules et Louise
étaient de fort jolis enfans; mais ayant été
élevés autrement qu'Emilie, ils étaient
loin de lui ressembler. Louise, âgée de
onze ans, ne savait que jouer et rire, tant
elle avait été accoutumée à l'oisiveté. Jules
éprouvait le vif désir de connaître beaucoup de choses, mais malheureusement
on ne s'était pas encore occupé de lui
donner les connaissances même les plus
élémentaires. Entrant déjà dans sa dixième
année, il ne savait pas encore lire cou-

ramment. Du reste, il avait un caractère
excellent et manifestait de grandes dispositions.

Emilie connaissait déjà son cousin et
sa cousine; elle les avait vus à Mauriac,
mais pour ainsi dire en passant; par conséquent elle ne les connaissait pas parfaitement. Dès la première entrevue, Jules
et elle se convinrent à merveille; les mêmes goûts, le même désir de s'instruire,
le même fonds de caractère, leur inspirè-
rent bientôt une tendre amitié l'un pour
l'autre. Il n'en fut pas tout-à-fait de même
avec Louise. Celle-ci se voyant la plus
grande, prétendait toujours être la maîtresse, mais son excessive ignorance et sa
paresse faisaient qu'on ne tenait aucun
compte de ses volontés arbitraires, et
qu'on se moquait d'elle sans ménagement;
ce qui blessait au vif sa vanité et causait
des disputes, des bouderies et des rup-
tures éclatantes.

Madame Dermance n'était pas fâ-
chée d'avoir cette petite société, quelque
bruyante qu'elle fût. Par là elle pouvait

plus facilement apercevoir et étudier les développemens du caractère de sa fille.

Comme on ne pouvait pas passer tout son temps à jouer, car à la longue le jeu trop prolongé ennuie les enfans de cet âge, au lieu de les amuser, madame Dermance fixa différentes heures pour l'étude. Emilie lisait assez bien et commençait à écrire; de son propre mouvement, elle se mit à donner des leçons à Jules. Le désir d'apprendre, l'amour-propre, et surtout l'envie d'être aussi savant que sa petite cousine, encouragèrent tellement l'écolier qu'il fit de rapides progrès. Louise, qui n'était ni aussi active ni aussi intelligente, n'apprenait que bien lentement.

C'était un spectacle curieux que de voir Emilie, toute petite, toute mignonne, servir de maîtresse d'école à deux enfans bien plus grands qu'elle. Lorsqu'elle donnait ses leçons, elle se modelait sur sa maman et sur son oncle, et ne perdait pas un seul instant sa gravité. Les livres dont elle se servait étaient remplis d'histoires courtes et merveilleuses; elle les avait lues tant de fois qu'elle les savait toutes par cœur, ce qui lui était un avantage de plus pour faire son petit cours. Aussi ne laissait-elle pas échapper beaucoup de fautes, sans les signaler avec une assurance imperturbable.

Son talent pour l'écriture n'étant pas encore assez développé, c'était le père Ambroise qui présidait à la leçon; et sa méthode, à cet égard, n'est pas à dédaigner. Il faisait à ses petits élèves un divertissement de former des lettres sur des morceaux de carton, moyen très-propre à leur inspirer de l'émulation. Les enfans se portaient d'eux-mêmes à tracer des figures; et comme on encourageait leur inclination sans la gêner trop, ils parvenaient à former des lettres en se jouant, et s'accoutumaient peu à peu à écrire. Le père Ambroise les excitait, en leur promettant quelque récompense de leur goût et qui n'eût pas de conséquence dangereuse, telle qu'une partie de promenade, un goûter à tel ou tel endroit, de beaux livres et autres choses de ce genre.

Trois mois s'étaient à peine écoulés, que ces enfans, ainsi exercés, savaient déjà tracer des caractères lisibles; leurs lettres avaient une forme assez régulière. Les progrès de Jules se faisaient surtout remarquer. Il montrait une adresse merveilleuse pour toutes les opérations manuelles. Loin d'en être jalouse, Emilie en témoignait de la joie et félicitait sa maman d'avoir fait venir au château son cousin et sa cousine. Pour Louise, elle commençait à devenir un peu plus habile, et l'on pouvait distinguer, dans ses lignes tortueuses, quelques lettres assez bien formées.

Quand ses élèves furent assez forts, le père Ambroise, de concert avec madame Dermance, eut l'idée de leur faire mettre leur talent en usage pour une occasion solennelle. Madame Chazal devait venir passer quelques jours auprès de sa belle-sœur et de ses enfans. Le père Ambroise annonça à ses écoliers qu'il fallait qu'ils invitassent eux-mêmes, l'une sa tante et les deux autres leur maman, à se rendre le plus tôt possible au château. « Mais,

mon oncle, comment donc faire? s'écrièrent tous ensemble les trois enfans. —
Comment! ne savez-vous pas écrire?
Vous me faites là une belle question!
A quoi vous servirait-il donc de l'avoir
appris? — Oui, mon oncle, nous savons
écrire, mais ce n'est qu'en copiant les
exemples que vous nous donnez; pour
écrire d'après nos propres idées, c'est
toute autre chose..... — Que vous man-
que-t-il donc? continua le bon curé. — Il
nous manque, reprit Jules, de savoir comment doivent s'écrire tous les mots; je ne
sais pas comment on appelle cette science, vous ne nous l'avez pas encore ap-
prise. — Tu as raison, mon ami Jules,
répliqua le père Ambroise; ce que tu veux
dire, c'est l'orthographe; on en acquiert
la connaissance par l'étude de la grammaire. On vous en entretiendra plus tard.
Mais, en attendant, pour remédier à cet
inconvénient, vous allez me dicter ce que
vous avez l'intention de mander à madame Chazal; je l'écrirai très-lisiblement et
vous le copierez. »

Tous les enfans applaudirent avec transport. Puis chacun se mit à réfléchir pour préparer ce qu'il devait faire écrire. Pendant ce temps-là, le bon curé mit ses lunettes, tailla une plume de manière à pouvoir écrire fort gros et très-lisiblement, et attendit en silence que quelqu'un lui dictât. Émilie fut prête la première. Plusieurs fois elle interrompit son vénérable secrétaire par ses hésitations; enfin le père Ambroise parvint à écrire, sous sa dictée, la petite lettre suivante :

« MA BONNE TANTE,

« Je vous remercie de tout mon cœur de m'avoir procuré la compagnie de mon cousin et de ma cousine. Leur société me plaît beaucoup et nous nous amusons on ne peut plus. Mais j'attends sous peu de jours un bien plus grand plaisir de votre part, c'est celui de vous posséder bientôt vous-même. Maman nous a assurés que vous le lui aviez promis, et cette nouvelle nous a tous comblés de joie.

« Hâtez-vous donc, ma bonne tante, de

remplir votre promesse et notre attente. Vous n'arriverez jamais assez vite au gré de l'impatience de vos enfans, et je pense à cet égard tout-à-fait comme eux.

« Je vous embrasse de tout mon cœur.

« Votre très-respectueuse nièce,

« EMILIE DERMANCE. »

Vint ensuite le tour de Jules. Par suite de sa vivacité naturelle, tantôt il embrouillait son grand-oncle par la volubilité de ses paroles, tantôt il s'embrouillait tellement lui-même, qu'il était obligé de s'arrêter pour retrouver le fil de sa phrase. A force de retrancher et d'ajouter, le curé parvint à recueillir la lettre qu'on va lire :

« MA CHÈRE MAMAN,

« Tu nous a donné de bien agréables vacances, en nous permettant d'aller chez notre bonne tante Dermance. Nous passons nos journées à jouer et à étudier du meilleur de notre cœur. Notre grand-oncle Ambroise ne néglige rien pour rendre nos jeux instructifs et nos leçons amusantes. Nous lisons dans de beaux livres, nous faisons de belles pages d'écriture, nous nous promenons souvent. Je ne pourrais jamais m'ennuyer de ce genre de vie, s'il pouvait m'être possible de ne pas songer à toi; mais, au contraire, j'y pense bien souvent. Aussi, combien me sera-t-il doux de te voir bientôt et de t'embrasser! Je n'ai pas besoin, je pense, de te dire de te hâter. Je sens à mon cœur que tu ne te feras pas long-temps attendre. Jusqu'à ton arrivée, je vais tâcher d'être bien studieux et bien sage, pour qu'on n'ait qu'à te dire des choses flatteuses sur mon compte. Je t'embrasse mille fois.

« Ton fils très-respectueux et très-affectionné,

« JULES CHAZAL. »

Après avoir écrit l'épître de Jules, le père Ambroise passa à Louise, qui se borna à dicter ces lignes :

« BONNE ET CHÈRE MAMAN,

« Vous serez sans doute surprise de voir

de mon griffonnage, et peut-être aurez-vous de la peine à le déchiffrer; mais quelque mauvaise que soit mon écriture, elle ne pourra que vous flatter, puisque le peu que je sais, je l'ai appris ici. Je fais le premier usage de mon petit talent pour vous supplier de nous venir voir. J'aurais bien du plaisir à vous exprimer en détail celui que vous nous ferez; mais n'étant pas encore habituée à écrire, je suis forcée de m'arrêter. Quand je vous verrai, mon cœur et mes lèvres vous en diront davantage que ma pauvre plume.

« Votre fille respectueuse et obéissante,

« LOUISE CHAZAL. »

Le père Ambroise lut et relut avec attention les trois lettres qu'il venait d'écrire, afin de corriger les omissions; puis, armé d'un crayon et d'une large règle d'ébène, il traça aux enfans les lignes qu'ils devaient suivre pour écrire bien droit et faire une pièce d'écriture lisible. Quand tout fut préparé, les écrivains se mirent à la besogne. Pendant ce temps, le père Am-

broise se promenait de long en large, jouissant intérieurement de l'attention et du
recueillement avec lesquels ses écoliers
travaillaient. Il allait tantôt à l'un, tantôt
à l'autre, leur indiquant ce qu'il fallait
faire, pour rendre leur écriture ou plus
pleine ou plus hardie.

Au bout d'une heure, les trois lettres
étaient achevées. Le père Ambroise les relut encore pour en soigner la ponctua-
tion, puis les plia, les cacheta et les remit
à Guillaume, l'un des domestiques du château, avec ordre de les porter sur-le-champ
à madame Chazal, à Mauriac.

CHAPITRE VIII.

On attend la réponse; attente trompée. — Arrivée
de madame Chazal; grand repas; convives. —
Leçons de tempérance et de sobriété.

GUILLAUME ayant sellé un cheval, fut
prêt à partir à l'instant même. Tous les
enfans l'entouraient, en le suppliant de
ne pas manquer de rapporter une réponse.
Guillaume le leur promit, donna un coup
de talon à sa monture et s'éloigna au petit
trot.

On pense bien que ce qui occupait le plus
en ce moment nos trois jeunes têtes, c'é-
tait de savoir l'effet que produiraient sur
madame Chazal leurs lettres inattendues.
Aucun jeu, aucune occupation, ne purent les distraire tout le reste du jour. Ils
attendaient avec impatience le retour de
Guillaume; mais celui-ci ne devait revenir que le lendemain matin; il fallait donc
prendre son parti; on le prenait sans doute

assez gaillardement, mais il aurait été facile de remarquer dans les yeux d'Emilie,
de Louise et de Jules, une sorte d'inquié-
tude et d'attente dont leurs jeux semblaient se ressentir. Ils s'allèrent coucher
fort paisiblement, ce qui veut presque dire
tristement, quand on parle de la turbulente enfance. Tous trois, et surtout Louise
et Jules auraient déjà voulu être au lendemain.

On fut réveillé bien avant le jour, et
l'on ne se fit pas prier pour sortir du lit.
Au moindre bruit qu'on entendait dans la
cour, aussitôt chacun courait à la fenêtre
dans l'espérance que ce serait Guillaume.
Toute la matinée se passa à aller, à venir,
et à se dire les uns aux autres : Guillaume
ne vient pas, Guillaume ne vient pas.

Enfin le claquement d'un fouet se fit
entendre, et les trois enfans y répondirent
à la fois par un cri de joie et par cette ex-
clamation : «Ah ! voilà Guillaume ! le voilà
enfin ! » et tous se précipitèrent ensemble
vers la porte.

« Eh bien ! mon bon Guillaume, avez-

5*

vous vu ma tante? — Maman se porte-
t-elle bien? — A-t-elle lu nos lettres? »
Telles furent les questions dont on assié-
gea le domestique comme il descendait de
cheval.

« Laissez-nous donc le temps de nous
reconnaître, leur répondit Guillaume assez brusquement; vous croyez, vous autres, qu'on n'a rien de plus pressé que de
vous répondre! Si vous aviez fait le saut
que je viens de faire, il n'y a qu'un quart
d'heure, là haut, en passant le Puy-de-
Resnel, vous ne vous empresseriez pas
tant à me questionner. — Vous vous êtes
donc fait bien du mal? répliqua Émilie,
en s'approchant de Guillaume, avec un
air de compassion. — Pardine, si je m'en
suis fait, répondit celui-ci d'un ton plus
doux; imaginez-vous, mam'selle, que
Cocotte s'était déferrée; nous allions doucement; comme elle sait par cœur tous
ces chemins, je me laissais conduire par
elle. Tout en sifflant le long de la route,
mes yeux s'étaient fermés et je ne pensais
plus être à cheval. Tout à coup... — Vous

vous étiez donc endormi? s'écrièrent les enfans. — Moi endormi! oh! mon Dieu non! je ne sais ce que j'étais; mais pour sûr, je n'étais ni éveillé ni..... endormi; tout à coup je me sens rouler dans un précipice; j'ouvre les yeux; heureusement que j'étais tombé sur une épaisse touffe d'herbe; Cocotte broutait paisiblement auprès de moi; j'aurais pu être tué sur la place; c'est pourquoi je dois me trouver heureux d'en être quitte pour une petite contusion et pour la peur. »

Tout en faisant ce récit, Guillaume était entré dans la maison. Les enfans le suivaient toujours, impatiens de connaître le résultat de son voyage. Madame Dermance survint, et quand elle eut appris l'accident de Guillaume, son premier soin fut de lui faire prendre aussitôt une forte dose de vulnéraire.

Guillaume ayant fait une horrible grimace en avalant la boisson salutaire, madame Dermance qui s'en était aperçue et qui avait deviné à sa mine la cause de sa mésaventure, lui dit en souriant : « Eh

bien, mon ami, est-ce que vous ne trou-
vez pas cette liqueur aussi bonne que celle
que vous avez bue ce matin? — Ah! ma
bonne dame, vous dites bien là la vérité
tout en riant, répondit le paysan tout honteux; mais je vous assure qu'il n'y a pas
eu de ma faute; j'ai rencontré sur mon
chemin mon compère Antoine; c'est un
brave et digne homme, par ma foi; mais
avec lui il faut toujours boire; et..... j'ai
bu; je vous l'assure, c'était bien malgré
moi. »

Madame Dermance ne put s'empêcher
de rire de l'aveu franc et naïf de Guillaume; elle ne laissa pourtant pas de lui faire
une petite réprimande et de lui représen-
ter vivement que son intempérance avait
failli lui coûter la vie.

On ne savait toujours pas de nouvelles
des trois lettres. Jules murmurait entre
ses dents contre cet *ivrogne de Guillaume.*
Les petites demoiselles n'en étaient pas
plus contentes.

« Eh bien, Guillaume, reprit madame
Dermance, vous avez vu ma belle-sœur?

Se porte-t-elle bien ? Que vous a-t-elle dit ?
— Elle m'a dit de vous dire qu'elle était
en bonne et parfaite santé, et bien satisfaite que vous vous portiez tous bien aussi ;
qu'elle vous faisait bien des complimens ,
ainsi qu'à monsieur le curé, et que du
reste elle n'avait rien autre chose à vous
mander pour le présent. — Et nos lettres ?
qu'en avez-vous fait ? interrompit Jules
avec vivacité ; je gage qu'il les aura lais-
sées dans quelque cabaret. — Ne gagez
pas, mon petit monsieur Jules, vous per-
driez ; je n'ai rencontré le compère qu'au
retour ; j'ai remis vos lettres à madame
Chazal ; elle n'avait pas le temps de les
lire tout de suite, et m'a chargé de vous
annoncer qu'elle y répondrait par la première occasion. »

Cette nouvelle pétrifia nos trois petits
écrivains épistolaires ; chacun s'était attendu à recevoir des complimens sur ses
progrès, sur son écriture, sur sa manière
de tourner une lettre. Rien de tout cela.
Quel désappointement !

En somme, nos petits personnages étaient

très en colère contre madame Chazal. Selon eux, c'était répondre bien mal à leur
tendresse et à leur zèle. Ce n'était pas du
tout encourageant pour un coup d'essai.

Pendant qu'ils faisaient ainsi des com-
mentaires sur la prétendue insouciance
de madame Chazal, plusieurs chevaux entrèrent avec fracas dans la cour du château. Attiré par la curiosité, Jules regarde au travers des carreaux, et tout à
coup, rayonnant de joie : « C'est maman,
c'est maman, » s'écrie-t-il, en s'élançant
vers l'escalier ; Louise et Emilie le suivent
de près, et dans un clin-d'œil les voilà
tous trois dans les bras de madame Chazal, que l'émotion de la joie rendait in-
terdite et muette.

Ce premier moment passé, madame
Chazal félicita ses enfans des rapides progrès qu'ils avaient faits auprès de leur petite cousine, à qui elle en attribuait l'honneur, et qu'elle complimenta aussi pour
son compte. Elle leur avoua que c'était au
plaisir que lui avaient causé leurs lettres
qu'ils devaient son arrivée subite, et que

ce petit voyage était pour elle une véritable fête.

Madame Dermance revint en ce moment de la messe, accompagnée du père Ambroise. Tous deux furent aussi agréablement surpris que l'avaient été les enfans. Tous deux comblèrent de caresses madame Chazal, et l'on se disposa à célébrer avec solennité cette réunion de famille.

Comme depuis fort long-temps madame Chazal n'était venue au château, dès que la nouvelle de son arrivée se fut répandue, il lui fallut se résigner à subir les visites de toutes les personnes de sa connaissance qui demeuraient aux environs. C'était un concours sans fin. On en a tant à se dire, quand il y a plusieurs années qu'on ne s'est vu, et puis, il est des gens naturellement si importuns, qu'on a bien de la peine à s'en débarrasser. Enfin peu à peu la foule s'écoula, et il ne resta au château, en fait d'étrangers, que M. de la Rochette et madame Calmet, tous deux anciens amis de la famille.

Cependant on faisait les apprêts d'un
dîner splendide, et tel que de long-temps
on n'en avait donné de pareil au château.
Julienne se mettait en quatre pour présider à tout. Toute la batterie de cuisine
était en l'air; la grande broche semblait
attester par ses cris qu'elle avait perdu
l'habitude de tourner. Tous les fourneaux
étaient allumés, et une odeur très-agréable
s'échappait de la cuisine en même temps
que la fumée.

Le dîner répondit à tous ces préparatifs.
Madame Dermance en fit les honneurs
avec une grâce inexprimable; la cordia-
lité qui régnait entre tous les convives, en
avait banni l'ennuyeuse cérémonie. On fit
des complimens à Julienne sur le choix
et le bon goût des mets, et sur l'ordre et
l'à-propos du service. Ainsi tout le monde
avait sa part de satisfaction.

Madame Chazal ne se lassait pas d'admirer ses enfans, et ne pouvait revenir de
la rapidité de leurs progrès, car ils ne savaient presque rien avant de partir de Mauriac. Elle était venue avec l'intention de

les remmener avec elle, mais considérant que la saison étant encore assez belle, ils pourraient apprendre quelque chose de plus, et cédant d'ailleurs aux instances réitérées de Jules et de Louise, elle consentit à ce qu'ils restassent chez madame Dermance jusqu'à l'entrée de l'hiver. Cette adhésion fut une nouvelle cause de satisfaction pour les enfans; il eût été difficile de discerner qui était le plus content ou d'Emilie, ou de Jules et de Louise. On avait donc encore près d'un mois et demi à passer ensemble! Un mois dans l'avenir, c'est presqu'un siècle pour l'enfance.

Il fut facile à madame Chazal de remarquer les attentions et les prévenances de Jules pour sa petite cousine. A table, il la servait avec une complaisance qui décelait une vive amitié. Il avait bien aussi des égards pour sa sœur, mais ce n'était pas à beaucoup près la même chose.

Le dîner fut d'abord assez grave : une discussion sérieuse s'était engagée entre les grandes personnes. De temps en temps, M. de la Rochette, homme très-jovial, je-

tait dans la conversation de petites plai-
santeries qui provoquaient le rire, sans
toutefois être de nature à scandaliser les
enfans. D'ailleurs, ils étaient eux-mêmes
trop occupés pour faire attention à ce qui
se disait autour d'eux; on se passait de
main en main les livres et les jouets que
madame Chazal avait apportés de Mauriac, et l'on courait les montrer, tantôt à madame Dermance, tantôt au père
Ambroise ou bien aux deux convives. Il
fallait que chacun dît son mot sur chaque
objet qu'on lui présentait. C'est à quoi il
faut se résigner quand on est avec les enfans.

Au dessert, qui fut très-prolongé, un
incident vint troubler un moment la fête.
Jules avait été placé pendant le repas auprès de M. de la Rochette, qui lui versait
à boire sans beaucoup de réserve; l'enfant
vidait son verre sans ménagement; il en
était résulté un grand mal de tête qu'il
lui fut bientôt tout-à-fait impossible de
dissimuler. Pâle et défait, il ne se tenait
plus qu'avec peine sur ses jambes, lorsque

madame Dermance s'en aperçut, et pour
ne pas alarmer sa belle-sœur, emmena
promptement Jules avec elle dans une
autre pièce. Les paroles embarrassées de
l'enfant lui apprirent d'une manière certaine ce dont il s'agissait, et elle se disposa
à y remédier à l'instant même. Emilie,
inquiète de l'absence de son cousin, accourut, et ce fut elle qui fit tiédir de l'eau
et prépara le thé, breuvage si salutaire
dans de semblables occasions. Jules, étant
demeuré couché environ une heure, et
ayant été soigné par Emilie, se vit en
état de reparaître devant la société, avant
la fin de la soirée. On s'était à peine aperçu
de sa disparition. Madame Dermance et
Emilie lui avaient bien promis de garder
le silence; il ne put pourtant pas se défendre d'un mouvement de honte lorsqu'il
rentra dans le salon. Il s'y trouvait une
personne qui aurait dû être bien plus
honteuse; c'était M. de la Rochette.

Cet homme, d'une probité éprouvée,
d'un esprit très-cultivé, enfin doué des
plus heureuses qualités, avait le malheu-

reux défaut d'être exclusivement adonné
au vin. Les fréquentes rasades qu'il s'était
versées dans la soirée, commençaient à
produire leur effet. Il venait de s'engager
dans une conversation sur la politique,
où il ne faisait déjà plus preuve de bon
sens. Plus il voulait parler, plus sa langue
semblait s'embarrasser. A chaque minute,
il prenait une forte prise de tabac, et son
nez était tellement barbouillé de cette
poudre noire, que Louise et Emilie s'en
pâmaient de rire derrière le fauteuil du
père Ambroise. Les grandes personnes ne
se trouvaient pas beaucoup plus à leur
aise; quant au pauvre Jules, il n'osait
sourciller depuis sa malencontreuse aven-
ture.

Après avoir long-temps bavardé à tort
et à travers, M. de la Rochette, à qui depuis long-temps personne ne voulait plus
tenir tête, appesanti par les vapeurs du vin,
se laissa tout doucement aller sur la table
et se mit à ronfler comme s'il eût été dans
son lit. De crainte de troubler son sommeil, le curé, ses deux nièces, et madame

Calmet qui ne laissaient pas d'être con-
trariés par cette circonstance, se retirè-
rent un peu à l'écart pour faire une partie
de dominos.

Quelques instans d'un sommeil assez
profond et très-bruyant suffirent pour dissiper l'ivresse de M. de la Rochette. Il
commençait à être tard. L'heure de se
retirer approchait. Emilie, à l'instigation
de sa maman, s'arma d'un long morceau
de papier plié en six, et vint doucement
en caresser le nez et le menton du dor-
meur. A demi réveillé par ce chatouille-
ment, il portait la main à son visage,
mais la petite retirait le morceau de papier
lestement, et notre homme recommençait
à dormir. Ce petit manége, répété plusieurs fois, atteignit enfin son but. Qui
fut bien sot à son réveil? ce fut M. de la
Rochette, lorsqu'il se vit seul, les coudes
appuyés sur la table, et qu'il put juger un
peu sainement de ce qui lui était arrivé.
Honteux de l'inconvenance de sa conduite
dont il sentait toute la turpitude, il aurait
volontiers préféré se trouver pour le mo-

ment dans les plus profonds abîmes de
la terre. Il chercha cependant à se tirer
de ce mauvais pas le plus galamment possible, et s'approchant de la table où l'on
jouait, il demanda des excuses de la gros-
sièreté qu'il venait de faire, alléguant
qu'il s'était laissé surprendre par le vin de
madame Dermance, qui était, disait-il,
extrêmement capiteux et qui avait agi sur
lui, avec d'autant plus de force qu'il n'y
était point habitué.

Ses excuses furent accueillies comme
elles devaient l'être; par égard pour son
âge et pour ses bonnes qualités, on ne lui
en fit pas plus mauvaise mine; en revan-
che, il plut sur lui une grêle de plaisan-
teries. M. de la Rochette était homme
d'esprit, il s'exécuta de la meilleure grâce
du monde, et parvint par là à s'affranchir
des épigrammes.

Dès qu'il fut retiré, madame Dermance
ne laissa pas échapper cette occasion de
parler contre l'intempérance dans les repas. Ce qui venait d'arriver à Jules ne
rendait cette sortie que trop nécessaire.

« Eh bien! mes enfans, dit-elle en s'adressant à sa fille et à Louise, que pensez-vous de l'état dans lequel vous avez vu M. de la Rochétte? Croyez-vous qu'une telle conduite puisse lui faire beaucoup d'honneur? — Ah! ma tante, répliqua Louise, que je serais honteuse à sa place! Il était tout comme Guillaume quand il est revenu ce matin de Mauriac. Si cela est blâmable dans un domestique, à plus forte raison dans un homme bien élevé comme M. de la Rochette. — Fi! que cela est vilain, dit Emilie, s'endormir en compagnie et se vautrer sur la table! Si nous en faisions autant, nous autres, on nous gronderait bien, et l'on aurait raison. »

Pendant ce petit colloque, Jules se tenait caché dans le sein de sa maman et n'osait montrer son visage, de peur qu'on n'y découvrît les marques de sa honte.

« Allons, mes amis, reprit madame Dermance, je vois avec plaisir que vous avez remarqué l'inconvenance de la conduite de notre voisin; et la chaleur avec laquelle vous le blâmez, me prouve que vous n'êtes nullement dans l'intention de l'imiter. A quelque table que vous vous trouviez, tenez-vous toujours sur vos gardes ; usez toujours modérément des mets et des vins qu'on vous offrira. D'abord, cette sobriété sera salutaire à votre santé que le moindre excès pourrait compromettre très-gravement ; ensuite, elle vous rendra recommandables aux yeux du monde, et vous garantira de beaucoup d'autres vices auxquels entraîne bien souvent l'ivresse.

« L'excès du vin dégrade l'homme et le ravale au niveau des bêtes brutes. Il engendre quelquefois des crimes horribles. Vous verrez, dans vos livres d'histoire, qu'Alexandre le Grand, dont vous avez déjà entendu parler, tua, étant ivre, Clytus, l'un de ses plus fidèles serviteurs. »

Emilie et Louise auraient bien voulu connaître les détails de cette histoire, mais l'heure déjà fort avancée ne le permit pas ce soir-là. Le père Ambroise fit lever la séance, et prit congé de toute sa famille pour regagner le presbytère. En

embrassant sa tante pour lui souhaiter le
bon soir, Jules la remercia avec effusion
de l'indulgence qu'elle lui avait témoi-
gnée, et lui promit bien de ne pas oublier
sa leçon de tempérance et de sobriété. Il
fut aussi convenu que madame Chazal et
le père Ambroise ne sauraient rien du
petit accident qui lui était arrivé pendant
le dîner.

6

CHAPITRE IX.

Promenades champêtres. — Départ de madame
Chazal. — Il n'est pas charitable de contrefaire
les vieillards et les gens infirmes. — Séparation
des petits amis.

Madame Chazal était venue au château
dans l'intention d'y passer quelques jours,
ce qui comblait de joie les enfans, parce
qu'ils savaient bien que ce seraient pour
eux autant de jours de fête. En effet, on
ne songea, pendant tout ce temps, qu'à
des parties de plaisir. Madame Chazal
connaissait peu le pays; la saison était
encore assez belle ; du matin au soir, on
se promenait, on courait, tantôt d'un
côté, tantôt de l'autre. Un jour, on allait
à une montagne voisine, renommée pour
les bons fromages qu'on y faisait; un autre, on dirigeait la promenade vers un
bois rempli de noisetiers, et qui promettait, par conséquent, une récolte abon-

Ces bons parents se réjouissaient de voir l'aimable accord qui régnait entre leurs enfants.

dante à ceux qui voudraient cueillir leurs
fruits. Ce dernier amusement était infiniment agréable pour les trois enfans, surtout pour Jules qui, leste comme un écu-
reuil, gravissait hardiment les rochers les
plus escarpés, pour atteindre les plus beaux
noiseliers ; Emilie et Louise ne le suivaient
que de loin et d'un pas timide. Aussi ne
pouvaient-elles que glaner sur les traces
de leur compagnon.

Il fallait voir ensuite Jules revenant tout
chargé de butin, rapportant ses poches
pleines de belles noisettes jaunes comme
de l'or, et le fond de son petit chapeau
rempli de mûres sauvages, noires comme
de l'ébène. Ne songeant ni à la sueur ni
à la poussière qui couvraient son front,
ni aux nombreuses égratignures qu'il s'é-
tait faites aux mains et à la figure, en
voulant se frayer un passage à travers les
buissons et les branchages de houx, armés
de piquans, il n'était occupé que du triomphe d'avoir fait la meilleure provision.
Puis, se montrant aussi généreux que brave, il se hâtait de vider ses poches et son

chapeau aux pieds de sa cousine et de sa
sœur, les invitant à prendre leur part de
sa riche moisson, et choisissant pour elles
les mûres et les noisettes les plus belles.
Le père Ambroise, madame Dermance et
sa belle-sœur regardaient d'un œil char-
mé ces scènes enfantines, et se réjouissaient du bon naturel de leurs enfans et
de l'aimable accord qui régnait entre eux.

Madame Chazal aurait bien volontiers
prolongé son séjour au château; mais les
affaires de sa propre maison réclamaient
impérieusement sa présence. Elle prit
donc congé de la famille et des personnes
du voisinage qu'elle connaissait. Jules et
Louise lui témoignèrent leurs regrets de
la voir partir sitôt; mais quelque plaisir
qu'ils eussent à vivre auprès de leur maman, ils lui demandèrent la grâce de les
laisser avec leur tante le plus long-temps
possible. Madame Chazal, bien convaincue
qu'ils ne pourraient que beaucoup gagner
à une si bonne école, et sachant bien
d'ailleurs que ses occupations ne lui per-
mettaient guère de veiller assidument à

leur éducation, céda à leurs instances, mais à la condition qu'ils seraient bien sages et qu'il ne lui reviendrait aucune plainte sur leur compte. Les enfans le lui promirent en sautant de joie ; et les choses étant ainsi arrangées, madame Chazal repartit pour Mauriac.

Après son départ, tout rentra dans l'ordre accoutumé ; les leçons recommencèrent, et l'on se remit au travail avec autant d'ardeur qu'auparavant. Louise et Jules avaient encore près d'un mois à demeurer avec Emilie ; ils voulaient mettre ce temps à profit, afin de causer une nouvelle surprise, en donnant derechef des preuves de leur zèle pour l'étude. Le père Ambroise et madame Dermance ne laissaient perdre aucune occasion de les encourager, et les trois écoliers faisaient autant de progrès que les facultés de chacun pouvaient le comporter.

Le goût du travail ne les empêchait pourtant pas de se livrer avec joie à tous les jeux de leur âge. L'exercice du corps délasse l'esprit et lui donne souvent plus

6*

de force et de ressort. On les laissait donc
jouer en liberté, en veillant toujours néanmoins à ce que leurs amusemens ne fus-
sent préjudiciables à personne.

Un jour que madame Dermance et son
oncle étaient dans le salon, elle travaillant
à un ouvrage de broderie, le père Ambroise lisant tout haut le journal, nos
trois espiègles entrèrent tout à coup en
jetant de grands éclats de rire et en se
poussant l'un l'autre, comme si chacun
eût craint de paraître le premier. Après
avoir un peu bataillé à la porte, ils s'a-
vancèrent tous trois, se tenant appuyés
chacun sur une canne, courbant le dos
et marchant clopin-clopant comme des
boiteux. A cette tournure grotesque ils
joignirent des gestes et une manière de
parler plus grotesques encore. D'abord, le
curé et madame Dermance eurent bien
de la peine à s'empêcher de rire, mais
ayant aussitôt pénétré l'intention qu'a-
vaient eue les enfans, en faisant cette espèce de mascarade, ils jugèrent à propos
de prendre la chose sur un autre ton.

Cette pauvre madame Calmet, dont
nous avons parlé, avait le malheur d'être
contrefaite; déjà extrêmement disgraciée
de la nature, elle ressentait en outre les
plus injurieux outrages, de la vieillesse.
Ses jambes inégales et fléchissantes ne
pouvaient la porter qu'à l'aide d'un bâton.
Son dos voûté formait un arc de cercle
parfait, et le voisinage intime de son nez
et de son menton achevait de lui donner
la physionomie de ces vieilles fées dont
on parle si souvent dans les contes.

Les trois espiègles imitaient de leur
mieux la marche chancelante et les con-
torsions saccadées de leur vieille voisine.
Cette action n'était pas sans malice de
leur part. Madame Calmet ne pouvait
souffrir les enfans, et trouvait à dire sur
tout ce qu'ils faisaient; ceux-ci s'en ven-
geaient à leur manière, en la tournant
en ridicule.

Mais le regard sévère du curé et le silence glacial de madame Dermance dé-
concertèrent un peu la petite troupe. Au
lieu d'être applaudis comme ils s'y étaient

attendus, les trois enfans virent en un
clin-d'œil qu'on désapprouvait leur action, et tout rouges de honte, ils jetèrent
leurs bâtons loin d'eux, reprirent leur at-
titude naturelle, et vinrent se placer auprès de madame Dermance, osant à peine
lever les yeux. Cette première marque de
repentir fit plaisir au bon curé ; il ne crut
pourtant pas inutile de leur faire quelques
reproches à ce sujet. « Eh bien ! mes
enfans, leur dit-il, êtes-vous encore bien
contens de ce que vous venez de faire, et
croyez-vous que nous ayons lieu d'être
satisfaits de votre conduite? Vous avez
voulu vous moquer d'une femme que son
mérite et ses vertus rendent infiniment
respectable, et qui a le malheur d'être
accablée d'infirmités. Ce n'est ni votre
mère ni moi, je pense, qui vous avons
donné de semblables exemples ; nous vous
recommandons, au contraire, d'user de
charité à l'égard de tout le monde et surtout de respecter les cheveux blancs de la
vieillesse. Vous voulez vous moquer d'autrui, et vous ne songez pas que vous avez

peut-être plus besoin d'indulgence que tout autre : que vous puissiez rire aux dépens d'une personne ivre que son intempérance a privée de sa raison, cela se conçoit et peut s'excuser. D'ailleurs, cette moquerie est, dans ce cas, la juste punition d'un défaut impardonnable ; mais s'amuser du malheur de son prochain, faire son divertissement d'une chose qui ne devrait exciter que la compassion, voilà ce que nous ne saurions approuver, voilà ce qui doit en ce moment tourner à votre confusion. Vous ne serez pas toujours jeunes, mes enfans ; avec les années, vous perdrez votre vivacité, votre vigueur, peut-être même votre santé ; la vieillesse ne vous épargnera pas plus qu'elle n'a épargné madame Calmet ; vous êtes exposés à devenir la proie d'infirmités beaucoup plus dégoûtantes que les siennes. Que diriez-vous alors, si l'on s'avisait d'insulter à votre infortune, au lieu de vous plaindre et de vous consoler ? On ne ferait cependant qu'user de représailles à votre égard. Moi-même qui vous

parle, je suis déjà vieux, je commence à
être caduc, et vous devez sans doute me
trouver bien ridicule dans une foule de
circonstances ; donc, si vous croyez avoir
le droit de regarder les vieillards comme
autant d'objets de risée, je ne tarderai
pas à être en butte à votre malice, quoique vous me répétiez chaque jour que
vous m'aimez comme votre père. Voyez
pourtant quelle idée vous me donnez de
votre cœur ! »

Pendant que le père Ambroise parlait,
Jules, Emilie et Louise gardaient les yeux
baissés. Chacune de ses paroles faisait sur
eux une vive impression. Lorsqu'il en vint
à parler de lui, tous trois, par un mouvement spontané, se jetèrent à son cou
et balbutièrent des excuses, en arrosant
de pleurs son visage vénérable.

Le pardon n'était pas difficile à obtenir.
Le bon curé embrassa les trois enfans, en
leur recommandant bien de se montrer à
l'avenir plus charitables et plus indulgens.
« Nous avons tous des défauts, ajouta-
t-il, mais nous ne voulons le plus souvent

ÉMILIE. 107

nous apercevoir que de ceux de nos voisins. Nous voyons une paille dans l'œil d'un autre, comme dit le saint Évangile, et nous ne faisons pas attention que nous avons une poutre dans le nôtre. Ne cherchez donc jamais à contrefaire personne, pas même les gens les plus ridicules ; car ces manières moqueuses et comédiennes ont quelque chose de bas et de contraire aux sentimens honnêtes. »

Madame Dermance ajouta quelques mots dans le sens des paroles de son oncle, et les enfans promirent bien sincèrement de ne plus retomber dans la même faute. Jules avait lieu de se ressouvenir de la remontrance. C'était lui qui avait donné à sa cousine et à sa sœur l'idée de singer la voisine, et le trait que lui avait lancé le curé, en parlant de personne ivre, ne lui avait pas échappé.

C'était par de telles instructions que le père Ambroise et sa nièce parvenaient à former de charmans élèves. Les enfans ont tous naturellement un esprit de critique et de malignité qui les porte à épier atten-

tivement les moindres défauts de ceux
qui les gouvernent; de sorte que quand
ils leur ont vu faire quelque faute, ils en
sont ravis et ne cherchent qu'à les mé-
priser. Le père Ambroise évitait soigneu-
sement cet inconvénient, il ne craignait
point de parler des défauts qui étaient vi-
sibles en lui, et des fautes qui pouvaient
lui être échappées devant les enfans; il
leur disait alors qu'il voulait leur donner
l'exemple de se corriger, en se corrigeant
d'abord lui-même de ses propres défauts.
Par là, il tirait de ses imperfections mêmes de quoi instruire et édifier sa petite
famille.

Cependant le moment de la séparation
approchait, le terme des vacances allait
bientôt expirer; ce n'était plus qu'avec
une sorte de chagrin qu'on voyait les jours
s'écouler; Jules, Emilie et Louise ne comp-
taient plus qu'avec anxiété les momens
qu'ils devaient encore passer ensemble. Enfin, il fallut penser aux préparatifs du départ; madame Chazal venait d'envoyer
un domestique qui avait l'ordre de rame-

ner les enfans à Mauriac. Quelle fut alors
la consternation de la petite société! L'é-
tude et les jeux furent également aban-
donnés, et les derniers instans ne furent
remplis que par les regrets de la séparation. On eût dit qu'ils ne devaient plus
se revoir. Emilie et Jules paraissaient surtout inconsolables. Madame Dermance
apporta quelque adoucissement à cette
grande douleur, en mettant sur le tapis
les vacances prochaines et les petits voyages qu'elle espérait faire avec sa fille à
Mauriac : ces idées séchèrent pour un moment les pleurs. Jules fit présent à sa cou
sine de son livre de messe, en signe de
souvenir, et reçut d'Emilie, en échange,
une semblable marque d'amitié.

Le moment du départ étant arrivé, les
trois enfans embrassèrent leur grand-
oncle et madame Dermance, et sortirent
du château. Jules et sa sœur avaient les
yeux rouges et le cœur un peu gros ; Emilie et Julienne les accompagnaient et devaient les conduire, environ l'espace d'une
demi-lieue. Le cheval et le domestique,

que madame Chazal avait envoyés pour
ramener ses enfans, marchaient devant,
ralentissant, par intervalle, pour ne pas
trop s'éloigner de la petite troupe. Louise,
Emilie et Jules, se tenant bras dessus bras
dessous, cheminaient en silence et ne
s'entretenaient que de leur séparation
prochaine. Enfin arrivés au pied d'une
montagne escarpée et qui n'offrait qu'un
chemin étroit et rocailleux, le domestique
et le cheval s'arrêtèrent; c'était le lieu où
Julienne et Emilie devaient s'arrêter. Les
trois enfans tombèrent dans les bras l'un
de l'autre, se jurèrent une éternelle amitié, et se promirent de s'écrire bien souvent. Puis, aidés du domestique et de Julienne, Jules et Louise grimpèrent sur le
palefroi, dirent à Emilie un dernier adieu,
et partirent. Pendant qu'ils gravissaient
la montagne, les yeux d'Emilie restèrent
constamment fixés sur eux, et elle ne
cessa de les suivre ainsi que lorsqu'ils eurent atteint le sommet.

CHAPITRE X.

Il faut jouir modérément des plaisirs. — Punitions employées par le père Ambroise à l'égard d'Emilie.

REVENUE au château, Emilie y trouva un grand vide pendant plusieurs jours. Ses compagnons d'étude et de jeu lui manquèrent encore long - temps. Mais grâce aux soins du père Ambroise et de madame Dermance, elle reprit avec résignation son train de vie habituel. Le soin qu'on prenait d'assaisonner de plaisir ses occupations sérieuses, servit beaucoup à adoucir l'ennui que lui avait causé le départ de son cousin et de sa cousine. Les agrémens d'une correspondance épistolaire vinrent encore faire diversion; Jules écrivait des lettres charmantes auxquelles on était enchanté de répondre; il était bien rare que chaque quinzaine se passât sans recevoir des nouvelles de Mauriac.

Ce commerce charmait la solitude d'É-
milie.

Le père Ambroise surveillait toujours
avec le même zèle l'éducation de sa petite
nièce, et il se voyait amplement payé de
ses soins par les résultats heureux qu'il obtenait. Il secondait madame Dermance de
tout son pouvoir, et ne lui épargnait ni les
conseils ni même les remontrances. Souvent cette jeune dame lui demandait à l'a-
vance des instructions pour telles ou telles
circonstances qui pouvaient se présenter
dans le monde. Le bon curé lui répondait
avec autant de sagesse que de complaisance.

La conversation roulait-elle sur les divertissemens qu'on peut donner à l'enfance et à la jeunesse, le père Ambroise
faisait remarquer combien il importe aux
mères de faire aimer leur compagnie à
leurs enfans. « C'est la sujétion et l'ennui, disait-il, qui donnent tant d'impatience de se divertir. Si une fille s'ennuyait
moins à être auprès de sa mère, elle n'aurait pas tant d'envie de lui échapper pour

aller chercher des compagnies moins bonnes. Il faut néanmoins éviter les jeux qui
dissipent et qui passionnent trop, et qui
accoutument à une agitation de corps
immodeste pour une fille. Quand on ne
s'est encore gâté par aucun grand divertissement, et qu'on n'a fait naître en soi
aucune passion ardente, on trouve aisé-
ment la joie; la santé et l'innocence en
sont les vraies sources. Mais les gens qui
ont le malheur de s'accoutumer aux plaisirs violens, perdent le goût des plaisirs
modérés, et s'ennuient toujours dans une
recherche inquiète de la joie. On se gâte
le goût pour les divertissemens comme
pour les viandes, poursuivait le bon curé;
on s'accoutume tellement aux choses de
haut goût, que les viandes communes et
simplement assaisonnées deviennent fades et insipides. Craignons donc ces grands
ébranlemens de l'âme qui préparent l'ennui et le dégoût; surtout ils sont plus à
craindre pour les enfans, qui résistent
moins à ce qu'ils sentent, et qui veulent
être toujours émus. Tenons-les dans le

goût des choses simples ; qu'il ne faille
point de grands apprêts de viandes pour
les nourrir, ni de grands divertissemens
pour les réjouir. La sobriété donne toujours assez d'appétit, sans avoir besoin
de le réveiller par des goûts qui portent
à l'intempérance. La *tempérance*, disait
un ancien, *est la meilleure ouvrière de la
volupté ;* avec cette tempérance qui fait
la santé du corps et de l'âme, on est toujours dans une joie douce et modérée ; on
n'a besoin ni de machines ni de spectacles
pour se réjouir ; un petit jeu qu'on in-
vente, une lecture, un travail qu'on entreprend, une promenade, une conversation innocente qui délasse après le travail,
font sentir une joie plus pure que la musique la plus charmante. Les plaisirs simples sont moins vifs et moins sensibles,
il est vrai ; les autres enlèvent l'âme, en
remuant les ressorts des passions : mais
les plaisirs simples sont d'un meilleur
usage ; ils donnent une joie égale et du-
rable, sans aucune suite maligne. Ils sont
toujours bienfaisans, au lieu que les au-

tres plaisirs sont comme les vins frelatés
qui plaisent d'abord plus que les naturels,
mais qui altèrent et qui nuisent à la santé.
Le tempérament de l'homme se gâte aussi
bien que le goût, par la recherche de ces
plaisirs vifs et piquans. Tout ce qu'on peut
faire de mieux pour les enfans qu'on gou-
verne, c'est de les accoutumer à cette vie
simple, d'en fortifier en eux l'habitude le
plus long-temps qu'on peut, de les prévenir de la crainte des inconvéniens attachés aux autres plaisirs, et de ne les point
abandonner à eux-mêmes, comme on
fait d'ordinaire, dans l'âge où les passions
commencent à se faire sentir, et où par
conséquent ils ont plus besoin d'être re-
tenus. »

C'était par de tels discours que le père
Ambroise guidait sa nièce dans la science
si difficile de l'éducation de l'enfance. Une
connaissance approfondie du cœur humain, sa longue expérience, sa pénétration naturelle, les vives lumières qu'il
empruntait à la religion, rendaient ses
conseils infiniment précieux. Malgré les

soins et les travaux que lui imposaient les
fonctions de son ministère, il suivait avec
attention le développement du caractère
de sa petite nièce, et ne remarquait aucune de ses imperfections, sans lui faire
une guerre déclarée.

Son grand principe était qu'il ne fallait
employer la crainte, qu'après avoir éprouvé
patiemment tous les autres moyens : il
était d'avis qu'il faut toujours faire entendre distinctement aux enfans à quoi se
réduit ce qu'on leur demande, et moyen-
nant quoi on sera content d'eux ; car il
faut, disait-il, que la joie et la confiance
soient leur disposition ordinaire ; autrement on obscurcit leur esprit, on abat
leur courage ; s'ils sont vifs, on les irrite ;
s'ils sont lents, on les rend stupides. Selon lui, la crainte ne devait être regardée
que comme ces remèdes violens que l'on
n'emploie que dans les maladies extrê-
mes ; ils purgent, mais ils altèrent le tempérament et usent les organes ; de même,
une âme menée par la crainte en est toujours plus faible.

Le bon curé était sévère, mais d'une sévérité bien entendue et pleine d'indulgence. Il administrait, avec un art infini, les punitions, lorsqu'il arrivait à Emilie d'en mériter. La peine qu'il infligeait était toujours aussi légère que possible, mais il avait bien soin de l'accompagner de toutes les circonstances les plus propres à piquer l'enfant de honte et de remords. Tantôt, il montrait à Emilie tout ce qu'il avait fait pour éviter cette extrémité ; il en paraissait affligé ; il parlait, devant elle, à d'autres personnes, de ceux qui ont le malheur de manquer de raison jusqu'à se faire punir et châtier. D'autres fois, il supprimait les marques d'amitié qu'il avait l'habitude de lui donner, jusqu'à ce qu'il s'aperçût qu'elle eût besoin de consolation. Il rendait la punition publique ou secrète, selon qu'il jugeait qu'il fût plus utile à son élève, ou de lui causer une grande honte, ou de lui montrer qu'on voulait bien la lui épargner ; et il réservait cette honte publique pour servir de dernier remède. Quelquefois, par son ordre, Julienne ou une

7*

autre personne raisonnable consolait Emilie, cherchait à la guérir de la mauvaise honte et la disposait à revenir demander pardon à son oncle ou à sa maman. Ces petits moyens faisaient merveille avec Emilie. Son jeune cœur, naturellement plus docile aux bonnes impulsions qu'aux mauvaises, n'avait pas de peine à se nourrir des leçons de vertu qu'elle recevait chaque jour, et elle sentait tout le prix des bons exemples qu'on lui mettait sous les yeux. D'une sensibilité extrême, elle se montrait presque inconsolable, quand elle encourait une punition; aussi cela ne lui arrivait-il que bien rarement. Mais il faut tout dire, l'horreur pour le mal et la peur de déplaire à ses bons parens, et de leur causer du chagrin, passaient chez elle bien avant la crainte des punitions.

Nous avons vu, dans le commencement de cette histoire, qu'Emilie avait manifesté de bonne heure un penchant décidé pour un défaut d'ailleurs assez ordinaire dans les personnes de son sexe, celui de se passionner facilement, quelquefois mê-

me sur les choses les plus indifférentes. Si
elle voyait deux personnes mal ensemble,
aussitôt elle prenait parti dans son cœur
pour l'une ou pour l'autre ; elle concevait
ainsi une foule d'affections et d'aversions
sans fondement ; elle ne voulait apercevoir aucun défaut dans ce qu'elle estimait,
ni aucune qualité dans ce qu'elle méprisait.

Madame Dermance avait de longue main
contracté l'habitude de ne pas s'opposer
d'abord à ces fantaisies que la contradiction n'aurait fait que fortifier ; mais peu à
peu elle apprenait à sa fille qu'elle connaissait mieux qu'elle tout ce qu'il y avait
de bon dans ce qu'elle aimait et tout ce
qu'il y avait de mauvais dans ce qui la
choquait. Elle prenait soin en même temps
de lui faire sentir, dans les occasions, l'incommodité des défauts qui se trouvaient
dans ce qui la charmait, et la commodité
des qualités avantageuses qui se rencontraient dans ce qui lui déplaisait. Par ce
moyen, et sans être pressée, Émilie revenait d'elle-même et reconnaissait le ridi-

cule de son engouement. Puis, madame
Dermance lui faisait remarquer ses entête-
mens passés avec leurs circonstances les
plus déraisonnables, et lui prédisait qu'elle
verrait du même œil ceux dont elle n'était
pas encore guérie, quand ils seraient finis.
Ensuite elle lui racontait des erreurs semblables où elle était tombée à son âge, et
lui montrait le plus sensiblement possible
le grand mélange de bien et de mal qu'on
trouve dans tout ce qu'on peut aimer et
haïr; par cette méthode bien simple, elle
parvenait à ralentir l'ardeur des amitiés
et des aversions de sa fille, et à lui donner une idée plus juste des choses. C'était
ainsi que d'abord on avait fait tomber peu
à peu les préventions défavorables d'Emilie, à l'égard de la fidèle et bonne Julienne, et son injuste préférence pour la flat-
teuse Annette. Ce fut de la même manière
qu'on s'y prit encore plus tard pour l'é-
clairer sur des points plus importans.

CHAPITRE XI.

Emilie acquiert de l'instruction et des talens. —
Elle raconte l'histoire de Joseph aux enfans du
village. — Comment on lui fait apprécier la
morale de l'Evangile. — Mort de l'ancienne
domestique Annette ; dialogue sur l'âme à cette
occasion.

LES soins que l'on prenait pour faire développer dans la petite Emilie les plus
heureuses qualités du cœur, n'empê-
chaient pas qu'on s'occupât également de
la culture de son esprit. Outre la lecture,
l'écriture et la grammaire, on lui apprenait aussi un peu de géographie, en s'attachant particulièrement à celle de la
France. Pour orner et pour exercer sa mémoire, madame Dermance lui racontait
de temps en temps quelques fables courtes et jolies, dont elle avait l'attention de
montrer, comme en relief, le but moral,
en les faisant suivre de petites histoires
tout-à-fait à la portée des enfans, et plus

propres à leur faire saisir le véritable sens
de l'apologue. Emilie manifestait un goût
très-vif pour ce genre d'exercice intellec-
tuel ; souvent elle priait sa maman ou son
oncle de lui apprendre des fables ou des
histoires ; mais madame Dermance et le
père Ambroise la laissaient toujours dans
une sorte de faim d'en connaître davantage ; ou bien quelquefois, quand on commençait un récit, on remettait d'un jour
à l'autre à en lire la suite, afin de tenir la
petite curieuse en suspens et de lui donner l'impatience d'en voir la fin. Le père
Ambroise était doué d'un talent particulier pour ces sortes de narrations ; il savait les animer de tours vifs et familiers,
faisait parler tous les personnages, de manière qu'Emilie croyant les voir et les entendre, s'y intéressait vivement.

Sa jeune imagination était tellement
frappée de ces histoires, qu'elle n'avait pas
de plus grand plaisir, après celui de les
entendre, que de les raconter, soit à Julienne, soit aux autres personnes qu'elle
affectionnait le plus.

Un soir, madame Dermance fut agréablement surprise à ce sujet. Ne voyant pas revenir auprès d'elle sa fille Emilie à qui elle avait permis d'aller faire un tour de promenade avec sa bonne, elle descend à la cuisine du château, afin de savoir si Julienne était rentrée. Contre l'ordinaire, elle trouve la porte fermée, prête l'oreille avant de l'ouvrir, et distingue parfaitement la voix d'Emilie, qui paraissait parler toute seule au milieu du plus profond silence. Curieuse de savoir ce qu'elle pouvait dire ou lire ainsi, elle écoute avec plus d'attention. Quelle joie n'éprouve-t-elle pas en entendant sa fille raconter l'histoire touchante du patriarche Joseph ! Le ton naïf de la petite demoiselle prêtait un nouveau charme à cet intéressant épisode de l'Ancien-Testament. De temps en temps, elle cessait de parler en français, pour répéter en patois ce qu'elle venait de dire ; elle faisait parler les frères de Joseph comme des brutaux rongés de jalousie, le vénérable Jacob comme un père tendre et affligé ; Joseph, étant maître en Égypte,

prenait plaisir à se cacher à ses méchans
frères, et à leur parler durement, ven-
geance innocente de leur cruauté à son
égard ; puis, quand il se découvrait à eux,
il avait le langage d'une affection vraiment fraternelle. C'était une suite de scènes vives et animées dont Emilie faisait à
elle seule tous les personnages, sans se
tromper en rien sur le caractère de chacun d'eux, et sans oublier aucune des
circonstances utiles à l'intérêt de sa narra-
tion. Madame Dermance était dans l'enchantement ; elle aurait voulu, pour tout
au monde, que son oncle eût pu prendre
sa part du plaisir qu'elle venait de goûter !

Quand madame Dermance jugea que
l'histoire était achevée, elle frappa à la
porte ; Julienne vint ouvrir aussitôt. Qui
fut bien étonnée de nouveau ? Ce fut
madame Dermance, à la vue de l'audi-
toire de la petite conteuse d'histoires.
Une douzaine d'enfans du village étaient
rassemblés autour du foyer, ainsi que les
domestiques de la maison. Emilie occupait le centre, comme étant l'orateur de

la petite société. A la vue de madame Dermance, tous les assistans, petits et grands,
se levèrent avec respect. Émilie courut
dans les bras de sa maman, la priant de
ne pas se fâcher contre elle ; qu'elle venait de s'amuser à dire de petites histoires
à ses petits camarades ; que, du reste, tout
le monde avait été bien sage. Madame
Dermance embrassa sa fille, en signe d'ap-
probation, et pour qu'on ne crût pas qu'elle
avait écouté à la porte, elle demanda quelques détails sur les histoires qui avaient
été racontées. Satisfaite des réponses de
sa fille, elle se promit bien de réjouir le
lendemain le père Ambroise du récit de
l'heureuse découverte qu'elle venait de
faire.

En effet, le bon oncle partagea le contentement de madame Dermance ; mais
il fut bien moins étonné qu'elle ne l'avait
été ; plusieurs fois il lui était arrivé de remarquer sa petite nièce au milieu de grou-
pes d'enfans de son âge, et de l'entendre répéter les histoires qu'il venait de
lui apprendre. Ainsi dirigée, la curiosité

d'Emilie devait être d'un grand secours pour son éducation. C'est pourquoi, au lieu de lui promettre, pour récompense de sa sagesse et de son travail, des ajuste-mens ou des friandises, encouragemens qui ont quelquefois les plus graves incon-véniens, on lui faisait la promesse de nou-veaux livres ou de nouvelles histoires.

Plusieurs années se passèrent, pendant lesquelles Emilie, toujours docile aux le-çons de sa maman et de son oncle, acquit les qualités solides que l'on voudrait admi-rer dans toutes les femmes, et plusieurs des talens qui servent à l'embellissement de l'existence. Le dessin, la musique, la plupart des travaux d'aiguille, commen-çaient à lui devenir familiers. Il n'y avait dans le pays, ni maître de dessin, ni mu-sicien capable de donner des leçons; ma-dame Dermance qui avait cultivé ces deux arts avec quelque succès, s'était fait un plaisir d'enseigner à sa fille, du mieux qu'elle le pouvait, à dessiner et à toucher du piano. Déjà la petite chambre d'Emilie offrait de nombreux échantillons de son

savoir-faire dans l'art de Dibutadès; on y
voyait de tous côtés des vues fort bien sai-
sies, des sites les plus pittoresques des environs. Quand il y avait compagnie au
château, elle se trouvait aussi à même de
faire admirer son exécution facile et brillante, en jouant sur le piano les morceaux de musique les plus nouveaux et
les plus recherchés. Aux grandes solenni-
tés de l'Eglise, Emilie, autant pour concourir à l'éclat de la cérémonie religieuse,
que pour complaire à son grand-oncle,
faisait transporter son instrument dans la
tribune de la petite église du village; et
s'attachait à n'exécuter et à ne chanter
que des motets choisis, tantôt d'une har-
monie grave et majestueuse, tantôt d'une
mélodie suave et presque séraphique. Le
père Ambroise, en lui témoignant sa gra-
titude pour ces preuves de zèle et de piété,
lui faisait remarquer que son talent était
en quelque sorte purifié par l'usage pieux
auquel elle voulait bien l'employer, et qui
avait pour but principal la plus grande
gloire du Créateur.

Emilie avait atteint sa onzième année. Il fallait s'occuper de la première communion. On pense bien que ce qui concerne la religion n'avait pas été négligé dans son éducation. Le père Ambroise et sa mère sentaient trop l'importance de cet objet pour ne pas s'en être occupés. On a vu que les histoires de l'Ancien-Testament lui avaient été apprises, pour ainsi dire, par cœur. Ce livre lui était familier jusque dans ses moindres détails. L'affranchissement du peuple hébreu, sous la conduite de Moïse, sa condition sous les Juges, puis sous les Rois; les avertissemens et les aventures des différens prophètes; la captivité de Babylone où les Juifs pleuraient leur chère Sion sur les rives de l'Euphrate, le retour du peuple de Dieu à Jérusalem, la reconstruction du temple et le bonheur des enfans d'Israël; les victoires des Machabées contre le cruel Antiochus, enfin la naissance du Messie; tous ces grands événemens de l'histoire sacrée avaient été imprimés successivement dans l'imagination vive et tendre d'Emilie. Le

père Ambroise s'était aussi attaché à lui
montrer en passant le dévoûment d'Isaac
et celui de la fille de Jephté à la volonté
paternelle, les épisodes délicieux de Ruth
et de Tobie, Judith sauvant le peuple juif
par son courage, Esther par sa douceur et
par ses charmes, Daniel dans la fosse aux
lions, conservé miraculeusement par la
protection du ciel. Toutes ces histoires,
ménagées discrètement, avaient fait entrer dans l'esprit d'Emilie toute une suite
de religion, depuis la création du monde
jusqu'à l'établissement du christianisme.
Son grand-oncle lui faisait voir, dans tous
ces récits, la main du Très-Haut toujours
levée pour délivrer les justes et pour confondre les méchans; de sorte qu'Emilie
s'était accoutumée de bonne heure à voir
Dieu faisant tout en toutes choses, et menant secrètement à ses desseins les créatures qui paraissent le plus s'en éloigner.

A ces récits aussi bien qu'à ces explica-
tions, le bon curé avait l'attention de
joindre, quand il le pouvait, la vue d'es-
tampes, de gravures ou de tableaux repré-

sentant agréablement des sujets tirés de
l'histoire sainte. Dans un petit voyage à
Saint-Flour, il s'était empressé, toujours
dans le même but, de faire remarquer
à Emilie dans la cathédrale de cette ville,
quelques bons tableaux de sainteté, jugeant
que la force des couleurs, avec la grandeur
des figures au naturel, frapperait encore
bien davantage sa tendre imagination.

C'était par des moyens du même genre
que, sans presser son élève, il était parvenu à tourner doucement sa raison à
connaître Dieu, à se faire une idée de sa
gloire et de sa toute-puissance et à se pénétrer des vérités chrétiennes, sans conserver le moindre sujet de doute.

Sa méthode n'était ni moins admirable
ni moins sûre pour apprendre à Emilie à
goûter les sublimes préceptes de l'Évangile. Les circonstances les plus frivoles en
apparence, quelques réflexions sensibles
et palpables à la raison du jeune âge, les
actions mêmes de sa petite nièce, il mettait tout à profit pour lui faire apparaître de
la manière la plus lucide la morale évan-

gélique et pour lui en inspirer l'amour.

Un exemple achèvera de faire mieux sentir tout le prix de la méthode du père Ambroise.

Annette, cette domestique infidèle que madame Dermance avait renvoyée, après avoir été assez long-temps en service dans une ville des environs, était revenue demeurer auprès de ses parens. Cette pauvre fille paraissait tout-à-fait revenue de ses erreurs. Sa conduite avait plus de régularité, et les renseignemens fournis par ses derniers maîtres n'offraient rien que de louable et de satisfaisant. En considération de cet heureux changement, madame Dermance lui avait pardonné tous ses anciens torts, et lui parlait avec bonté chaque fois qu'elle la rencontrait. Il n'en était pas de même d'Emilie. Par une de ces singularités qu'on rencontre assez fréquemment dans l'étude du cœur humain, elle ne pouvait plus souffrir le moins du monde cette fille qu'elle avait tant aimée auparavant. Le dégoût qu'on était parvenu à lui inspirer pour elle, par suite

de ses défauts, avait produit une si forte
impression, qu'elle ne le dissimulait qu'a-
vec beaucoup de peine. Sitôt qu'elle apercevait Annette, elle se sentait émue au
point qu'elle eût volontiers retourné sur
ses pas pour l'éviter; son antipathie était
telle, qu'elle jetait à peine les yeux sur
cette pauvre fille, en passant, et qu'elle
ne répondait qu'avec une distraction dé-
daigneuse aux civilités affectueuses qu'elle
en recevait. Annette était bien peinée du
procédé d'Emilie; quelquefois les larmes
lui roulaient dans les yeux; mais sentant
bien le motif de cette conduite, elle n'o-
sait s'en plaindre.

Annette étant tombée très-dangereuse-
ment malade, madame Dermance, qui
se faisait un devoir et un plaisir de chercher à adoucir toutes les douleurs, alla la
visiter pour lui porter des consolations et
lui offrir les services que réclamait son
état. Le père Ambroise s'y rendit aussi,
autant pour remplir les fonctions de son
saint ministère, que pour obéir à un besoin de son cœur bon et compatissant.

La pauvre malade fut touchée de tant d'égards. Quoique bien affaissée par ses souffrances, un rayon de vie vint un moment ranimer les traits de son visage, et elle témoigna avec effusion à l'oncle et à la nièce combien elle était reconnaissante de leurs bontés. Elle ajouta, par forme de prière, qu'elle s'estimerait bien-heureuse de revoir mademoiselle Emilie et de se réconcilier avec elle avant de mourir. Le père Ambroise et madame Dermance promirent de la lui amener dans la soirée, ne se doutant point qu'ils pussent à cet égard éprouver la moindre difficulté.

Dès qu'Emilie sut à quoi s'étaient engagés son oncle et sa maman, elle laissa percer son mécontentement; elle dit qu'elle ne pouvait aller voir Annette, attendu qu'elle se trouvait elle-même incommodée; qu'au surplus, la vue de cette fille lui faisait tant de mal qu'elle priait en grâce qu'on voulût bien la lui épargner. « Il n'y a guère de charité dans ce que vous venez de dire là, mon enfant, lui dit tranquillement le père Am-

broise ; et votre cas était, ce me semble, assez grave, sans que vous y ajoutas-
siez un mensonge. — Un mensonge ! mon
oncle. — Oui, ma bonne amie, un mensonge : vous n'êtes point indisposée, car
en rentrant, je vous ai entendue chanter à
gorge déployée. Cela est bien mal, Emilie, cela est bien mal ; mais ce qui l'est
encore plus, c'est de manquer d'humanité,
en refusant de vous rendre à la prière
d'une pauvre mourante qui demande à
se réconcilier avec vous, avant de rendre
son âme à Dieu. Annette serait votre ennemie jurée que dans ce moment suprême,
il serait de votre devoir de remplir ses
derniers vœux. Cependant Annette n'a
pas mérité votre haine ; que dis-je votre
haine ? Cette passion, ennemie de la société, devrait-elle jamais faire battre un
cœur chrétien ? Annette a eu quelques
momens d'erreur, quelques torts à votre
égard, mais sa conduite ultérieure et son
repentir ont dû les effacer. Votre maman
et moi nous les avons oubliés ; Dieu lui-
même lui a accordé son pardon ; et vous,

Emilie, vous dont elle a choyé l'enfance, vous qu'elle aime enfin, vous seriez donc la seule inexorable! »

Emilie, rouge de confusion et de repentir, tenait ses yeux baissés, et n'avait plus l'envie de chercher des motifs d'excuse. Madame Dermance laissait faire son oncle, mais le mécontentement empreint dans tous les traits de sa physionomie, parlait assez pour elle et n'échappait point à sa fille. Le père Ambroise, conservant toujours sa sérénité, continua ainsi : « Comment se fait-il, Emilie, qu'ayant admiré si souvent avec moi la morale de l'Évangile, vous vous montriez si peu disposée à vous y conformer, dans un de ses préceptes les plus consolans pour l'humanité, je veux dire l'amour du prochain? Croyez-vous qu'il suffise de cette admiration stérile, pour être bon chrétien? Ne vous souvient-il plus qu'hier encore, après avoir récité l'évangile de la semaine, vous vous disiez tout émue de la tendre et généreuse charité de ce bon Samaritain envers un Juif qui avait été laissé pour

mort sur la place par des voleurs ? Si votre
émotion était bien sincère, si elle avait
remué doucement votre cœur avant de se
manifester par le mouvement de vos lèvres, que ne le prouvez-vous, en imitant
l'exemple du Samaritain ? Il n'était pas
l'ami de ce Juif, il ne le connaissait même
pas; il savait seulement qu'il était Juif, et
par conséquent d'une nation abhorrée de
la sienne; mais cette considération ne l'ar-
rêta pas; ce Juif était homme, et à ce
titre, il avait droit à tous ses soins; Aussi
avez-vous vu avec quel zèle empressé il
descendait de cheval, bandait les plaies
du blessé, après y avoir versé de l'huile et
du vin, et le déposait dans une hôtellerie,
le recommandant avec une sollicitude fraternelle à l'hôtellier, et lui payant d'avance
tout ce dont le blessé pourrait avoir besoin ? Eh bien ! Emilie, cette belle leçon
serait-elle perdue pour vous ? Voulez-vous
laisser mourir Annette, sans lui adresser
quelques mots de consolation ?

« — Oh ! non, non, mon bon oncle, ne le
croyez pas; je sens toute la gravité de mon

tort, et j'en éprouve le plus vif repentir. Je vous le prouverai ce soir. »

Ce peu de paroles rassura madame Dermance; elle était charmée intérieurement de trouver son Emilie toujours digne de sa tendresse.

Dans la soirée, le père Ambroise et madame Dermance, accompagnés d'Emilie, se rendirent chez Annette. L'état de cette malheureuse devenait de moment en moment plus critique. Cependant la vue d'Emilie lui causa une satisfaction qui se répandit sur tous ses traits : s'approchant de son lit de douleur, la petite demoiselle lui prit la main en signe d'affection et d'intérêt, et lui adressa quelques paroles d'espoir et d'encouragement. Cependant le père Ambroise, muni de tous les objets nécessaires pour l'administration des derniers sacremens, venait de changer en autel une commode rustique qui se trouvait dans la chambre d'Annette. Bientôt la cérémonie funèbre commença : madame Dermance, sa fille, plusieurs parens et parentes de la moribonde, agenouillés

8*

dans le plus profond recueillement, unissaient de cœur leurs prières ferventes aux
saintes paroles du prêtre de Dieu.

Il était temps de recourir à ces derniers
secours de la religion. Il y avait à peine
un quart d'heure que le pieux devoir était
rempli, lorsqu'une défaillance totale en-
leva à la pauvre Annette l'usage de la voix;
c'était le commencement de l'agonie.
Quelques heures après, Annette avait
cessé d'exister.

Le spectacle de cette fille mourante
avait fortement remué le cœur d'Emilie;
mais le père Ambroise n'était pas fâché
qu'elle y eût assisté; il trouvait bon qu'on
accoutumât de bonne heure les enfans
à entendre parler de la mort, à voir, sans
se troubler, un drap mortuaire, un tombeau ouvert, des malades mêmes qui ex-
pirent.

Le lendemain, au retour des funérailles
d'Annette, le père Ambroise, à l'occasion
de cet événement, fit à sa petite nièce
diverses questions dont le but était de
l'éclairer sur une matière importante.

Il en résulta le petit dialogue suivant :

LE PÈRE AMBROISE.

Ma bonne Emilie, que penses-tu de l'état actuel de notre pauvre Annette ? est-elle dans le tombeau ?

ÉMILIÉ.

Oui, mon bon oncle.

LE PÈRE AMBROISE.

Elle n'est donc pas en paradis ?

ÉMILIE.

Pardonnez-moi; elle y est.

LE PÈRE AMBROISE.

Mais comment est-elle dans le paradis et dans le tombeau en même temps.

ÉMILIE.

C'est son âme qui est dans le paradis ; c'est son corps qui a été mis en terre.

LE PÈRE AMBROISE.

Son âme n'est donc pas son corps?

ÉMILIE.

Non; le corps est mortel et l'âme ne meurt pas.

LE PÈRE AMBROISE.

L'âme d'Annette n'est donc pas morte?

ÉMILIE.

Non; elle vivra toujours dans le ciel, parce qu'elle est sauvée, Annette s'étant réconciliée avec Dieu qui se plaît à nous pardonner.

LE PÈRE AMBROISE.

Et toi, ma chère Emilie, veux-tu être sauvée?

ÉMILIE.

Oui, mon oncle, c'est pourquoi je veux être sage.

LE PÈRE AMBROISE.

Mais qu'est-ce que se sauver?

ÉMILIE.

C'est que l'âme va en paradis quand on est mort.

LE PÈRE AMBROISE.

Et la mort, qu'est-ce ?

ÉMILIE.

C'est que l'âme quitte le corps, et que le corps s'en va en poussière.

Ainsi de question en question, et de raisonnement en raisonnement, le père Ambroise conduisait, sans le moindre effort, son élève à l'intelligence de la religion et de la morale de l'Évangile. Il la faisait pénétrer avec vénération dans la connaissance de Dieu, lui expliquait, par la religion, le mystère sublime de l'âme humaine ; l'initiait, par la pensée, à l'éternelle béatitude de la gloire céleste, et lui apprenait, quand l'occasion s'en présentait, la raison de toutes les cérémonies religieuses.

CHAPITRE XII.

Émilie fait sa première communion. — Jules et Louise viennent passer de nouvelles vacances. — Danger des romans. — Il ne faut jamais railler de la religion. — Niaiserie des présages.

Ainsi préparée, Emilie avait acquis, dès son plus jeune âge et successivement, une instruction toute chrétienne qui la mettait à même de faire sa première communion avec tout le fruit désirable. Le père Ambroise n'avait presque plus rien à lui apprendre à cet égard. Il ne lui restait plus qu'à mettre la dernière main à son ouvrage par des lectures et des entretiens touchant l'auguste sacrement qu'elle se disposait à recevoir. Il s'arrêtait surtout sur la nécessité de la prière, fondée sur la nécessité de la grâce : « Dieu, disait-il à sa nièce, Dieu veut qu'on lui demande sa grâce, non parce qu'il ignore notre besoin, mais parce qu'il veut nous assujettir à une demande qui nous excite à reconnaître ce besoin; ainsi c'est l'humiliation de notre cœur, le sentiment de notre misère et de notre impuissance, enfin la confiance en sa bonté, qu'il exige de nous. Cette demande, qu'il veut qu'on lui fasse, ne consiste que dans l'intention et dans le désir, car il n'a pas besoin de nos paroles. Souvent on récite beaucoup de paroles sans prier, et souvent on prie intérieurement sans prononcer aucune parole. Ces paroles peuvent néanmoins être utiles; car elles excitent en nous les pensées et les sentimens qu'elles expriment, si on y est attentif. C'est pour cette raison que Jésus-Christ, ma chère Emilie, nous a donné une forme de prière dans l'oraison dominicale, cette prière si simple et si sublime, si courte et si pleine de tout ce que nous pouvons attendre d'en haut. »

Le plus souvent, Emilie assistait aux instructions que faisait publiquement le père Ambroise, pour les jeunes enfans de sa paroisse, soit en chaire, soit au prône,

soit en leur expliquant le catéchisme. Par
là, madame Dermance voulait l'entretenir
dans l'heureuse habitude de savoir se sou-
mettre sans raideur au niveau de gens
d'une condition inférieure à la sienne,
l'égalité chrétienne étant un des plus
beaux préceptes de la loi évangélique.
D'ailleurs, c'était dans la compagnie de
ces petits villageois qu'Emilie devait pour
la première fois s'approcher de la sainte
table ; et à son divin banquet, Jésus-Christ
ne juge point ses heureux convives sur
leur richesse ni sur l'élégance de leurs
vêtemens.

Quand le jour fixé pour cette grande
solennité fut venu, Emilie, après avoir
demandé pardon de tous ses torts passés
à sa maman, à sa bonne Julienne et à
tous les autres domestiques qui pouvaient
avoir eu à se plaindre d'elle, fut conduite
à l'église du village par madame Dermance. Une robe d'une blancheur virgi-
nale, symbole de l'innocence, un voile
également blanc, un large ruban moiré
de même couleur formant ceinture, com-

posaient toute sa toilette; nuls bijoux, nuls ornemens mondains; ses cheveux longs et noirs, arrangés simplement en bandeau, laissaient à découvert l'heureuse candeur empreinte sur son front. Cette parure toute simple n'en était pas moins favorable au développement des grâces d'Emilie, qui au contraire auraient pu disparaître en grande partie, sous les atours recherchés de la coquetterie et sous les raffinemens souvent extravagans de l'art de la coiffure. De plus, la mise décente d'Emilie s'accordait beaucoup mieux avec la modestie qui convient à la touchante cérémonie de la première communion, et avec l'extrême simplicité des habillemens de ses petites compagnes.

L'église était plus ornée que de coutume, sans rien perdre de son auguste rusticité. Des fleurs des champs, tressées en guirlandes, en formaient la principale draperie. Quelques tapisseries, encore assez belles, prêtées par madame Dermance, entouraient une partie du chœur. Quelques ecclésiastiques des environs,

9.

venus exprès pour ce jour-là, assistaient
le père Ambroise. Une grande affluence
de paysans et de paysannes, pères, mères,
simples parens ou amis des enfans de la
première communion, occupaient et rem-
plissaient la nef. Au milieu d'eux, madame
Dermance ne cessait pas d'avoir les yeux
attachés sur sa fille et de prier pour elle.

Après la communion, qui avait été pré-
cédée et qui fut suivie d'une exhortation
pathétique, adressée aux enfans par le bon
curé, Emilie vint se jeter dans les bras de
sa mère, toute rayonnante du bonheur
que Dieu venait de lui faire goûter. Madame Dermance répondit à sa pieuse joie
par des embrassemens réitérés et par de
douces marques de satisfaction. Le reste
du jour se passa dans des exercices de
piété et à chanter de saints cantiques.

Cependant les bons amis d'Emilie, Jules et Louise venaient tous les ans passer
quelques mois au château de madame
Dermance. Jules, qui faisait en ce moment ses études à Saint-Flour, était un
sujet distingué par ses progrès dans ses

classes autant que par les qualités de son
cœur. Il profitait de ses vacances pour
venir se délasser des travaux scolaires,
auprès de son oncle, de sa tante et de sa
cousine Emilie. Louise n'était appelée à se
faire remarquer en aucun genre; son humeur indolente y était un obstacle insur-
montable; madame Chazal, assaillie par
des occupations nombreuses, n'avait que
fort peu de temps à donner à l'éducation
de sa fille; Louise n'était qu'une bonne
enfant, sans prétention, sans tournure,
sans esprit. Du moment qu'elle avait su
lire, elle s'était adonnée à la lecture de
romans fades et insipides qu'on lui avait
laissés entre les mains, et qui n'avaient
pas peu contribué à fausser son jugement
et à l'entretenir dans le goût de l'oisiveté.
De cette oisiveté à la paresse proprement
dite, il n'y a qu'un pas, et cette dernière,
qui est la langueur de l'âme, est une
source inépuisable d'ennuis. Par suite de
ces funestes dispositions, Louise s'était
accoutumée à dormir un tiers plus qu'il
ne faut, pour conserver une santé parfaite;

ce long sommeil ne servait qu'à l'amollir, qu'à la rendre plus délicate et plus débile ; bien différente en cela de la petite Emilie qu'un sommeil court mais profond, accompagné d'un exercice réglé, rendait gaie, vigoureuse et robuste, ce qui fait sans doute la perfection du corps, sans parler des avantages que l'esprit en tire.

Pendant un des voyages des enfans Chazal au château de madame Dermance, le père Ambroise trouva l'occasion de prémunir son élève contre la lecture des romans. Ce fut Louise qui lui en fournit le sujet.

Un soir, les trois jeunes gens étant rassemblés dans le salon avec leur tante, tous occupés diversement, Emilie à broder, Jules à dessiner, Louise à bayer aux corneilles suivant sa coutume ; le père Ambroise, revenant de visiter un malade, vint les retrouver comme il le faisait tous les jours, avant de rentrer au presbytère. Il portait un livre sous le bras. Dès qu'il parut, les trois enfans coururent à lui, avec leur empressement ordinaire. Le bon oncle reçut leurs caresses avec affection, puis s'asseyant : « A qui de vous trois, dit-il, ce volume que je viens de trouver sur la pelouse en face du château ? — Il est à moi, mon oncle Ambroise, répondit Louise, d'un ton un peu embarrassé ; je vous remercie bien de l'avoir ramassé ; c'est un roman de chevalerie fort intéressant dont j'ai apporté ici quelques volumes ; si vous n'aviez pas trouvé celui-ci, j'aurais cherché long-temps sans remettre la main dessus. — Et la perte n'aurait pas été bien grande, reprit aussitôt le père Ambroise. — Pourquoi donc, mon oncle ? ce roman est bien différent des autres livres qui portent ce titre ; il est tout à la fois amusant, historique et moral. — Vous êtes dans l'erreur, ma chère enfant ; en admettant même que ce livre soit moins mauvais que les autres, il n'en est pas moins un recueil de mensonges et de billevesées. Malheureusement, dans le monde, beaucoup de femmes se passionnent pour des romans, pour des récits d'aventures chimériques où l'amour profane se

trouve mêlé; elles se rendent l'esprit vi-
sionnaire, en s'accoutumant au langage
magnifique des héros de romans ; elles se
gâtent même par là pour la société, car
tous ces beaux sentimens en l'air, toutes
ces passions généreuses, toutes ces aventures, que l'auteur du roman a inventées
pour le plaisir, n'ont aucun rapport avec
les vrais motifs qui font agir dans le monde
et qui décident des affaires, ni avec les
mécomptes qu'on trouve dans tout ce
qu'on entreprend. » Louise, pendant
ce petit sermon, tenait les yeux baissés,
et ne paraissait guère satisfaite de tout ce
qu'elle entendait. Le père Ambroise continua : « Une pauvre fille, pleine du tendre et du merveilleux qui l'ont charmée
dans ses lectures, est étonnée de ne trouver point dans le monde de vrais personnages qui ressemblent à ses héros favoris ;
elle voudrait ressembler à ces princesses
imaginaires qui, dans les romans, sont
toujours charmantes, toujours adorées,
toujours au-dessus de tous les besoins.
Quel dégoût pour elle de descendre de

l'héroïsme jusqu'au plus bas détail du ménage! De là, la négligence des choses les plus importantes, une nonchalance impardonnable dans les affaires de la vie, et l'absence des qualités qu'on admire avec tant de plaisir dans une bonne mère de famille. Ce n'est pas toutefois que je pense qu'il faille interdire aux jeunes personnes le plaisir de la lecture. On peut leur laisser selon leur loisir et la portée de leur esprit, la lecture des livres profanes qui n'ont rien de dangereux pour les passions; c'est même le moyen de les dégoûter des romans. On n'a qu'à leur donner des histoires grecques et romaines; elles y verront des prodiges de courage et de désintéressement. Qu'elles lisent l'Histoire de France qui a aussi ses beautés; qu'elles y joignent celle des pays voisins et les relations des pays éloignés, judicieusement écrites. Tout cela sert à agrandir l'esprit et à élever l'âme à de grands sentimens, pourvu qu'on évite la vanité et l'affectation. Je suis sûr que Jules est parfaitement de mon avis. »

Jules, qui avait remarqué avec peine

le goût de sa sœur pour les romans, et qui lui en avait dit plusieurs fois son senti- ment, répondit à son oncle que ses obser- vations lui paraissaient pleines de justesse et de raison, qu'il lui était arrivé plusieurs fois à lui-même de lire de ces livres, et qu'il ne lui en restait rien dans la mémoire, tant ils offraient peu de véritables alimens à la curiosité qui ne cherche que de l'ins- truction.

Honteuse et consternée, Louise demeu- rait dans un morne silence. Son grand-on- cle, qui ne voulait que lui donner une bonne leçon, l'interpella avec douceur et lui fit une exhortation pleine de bienveil- lance, dans la vue de la détourner entiè- rement de la lecture des romans, et de la ramener, si cela était possible, au goût des choses bonnes et utiles. Pour lui montrer sa soumission à ses conseils, Louise alla chercher sur – le – champ tous les livres qu'elle avait apportés au château, et les remit au père Ambroise, avec autorisation d'en faire ce qu'il jugerait convenable. Celui-ci les fit parvenir à madame Chazal avec une lettre dans laquelle il détaillait les dangers qui pouvaient résulter de ces lectures pour les jeunes personnes, et la conjurait de ne plus laisser désormais sa fille libre de choisir elle-même ses livres, quand elle aurait le loisir de se livrer au délassement de la lecture.

Le père Ambroise mettait à profit toutes les occasions qui se présentaient, tantôt pour encourager son élève, tantôt pour l'instruire, tantôt pour la reprendre lorsqu'elle tombait dans l'erreur. Il ne négligeait rien pour qu'elle ne se trouvât pas en contact avec de ces esprits forts qui portent le doute et l'incrédulité dans les choses de la religion, qui en parlent d'un ton tranchant et railleur, ne craignant pas d'attrister cette vie en lui refusant un avenir après la mort, et qui, dans une foule de circonstances, débitent toutes ces absurdités, d'un ton de fanfaronnade qui est en contradiction visible avec leur conscience.

Dans une réunion assez nombreuse qui eut lieu au château, à l'occasion de la fête de madame Dermance, la conversation s'étant établie momentanément sur les dogmes et les usages de l'Église, un petit monsieur, d'une suffisance insupportable, d'une ridicule pédanterie, s'empara despotiquement de la parole, et, les deux mains dans ses goussets où il agitait avec importance quelques pièces d'or ou d'argent, il parla pendant quelque temps sans s'interrompre, frondant, sans le moindre ménagement, les préceptes et les enseignemens les plus saints de notre religion. Il en était sur le jeûne et sur la prière, et il en parlait tout à son aise, se grandissant le plus possible du haut du corps pour se donner un air prépondérant, lorsque le père Ambroise, dont jusqu'à ce moment l'attention avait été occupée ailleurs, vint à entendre quelques-uns des sophismes qu'il déclamait à haute voix. Émilie, Jules et Louise étaient présens ; il se pouvait qu'ils eussent prêté l'oreille ; le bon curé avait donc plus d'un motif pour réfuter tout ce dévergondage. Il s'approcha, sans affectation,

du discoureur imprudent, et l'interrom-
pant par quelques objections pleines de
force et de justesse, fondées tantôt sur la
raison, tantôt sur les saintes Écritures ou
les autorités humaines les plus respecta-
bles, il eut bientôt foudroyé tous les rai-
sonnemens captieux de notre prétendu
philosophe. Embarrassé par ses propres
réponses, celui-ci, par sa confusion, fit
l'aveu tacite de son ignorance et de sa
mauvaise foi ; et le père Ambroise, voulant tirer parti de sa position avantageuse,
sans toutefois en abuser, le tira à l'écart,
dans l'embrasure d'une fenêtre, et lui
adressa une sévère remontrance au sujet
des propos inconsidérés qui venaient de
sortir de sa bouche.

« Ne prenez jamais, lui disait-il, la
liberté de faire devant les enfans, ni devant les grandes personnes, certaines rail-
leries sur des choses qui ont rapport à la
religion. Qu'on se moque, par exemple,
de la dévotion de quelque esprit simple,
qu'on rie sur ce qu'il consulte son confes-
seur et sur les pénitences qui lui sont im-

posées; vous croyez que tout cela est in-
nocent, mais vous vous trompez; tout tire
à conséquence dans cette matière. Il ne
faut jamais rire de Dieu, ni des choses qui
concernent son culte ; il ne faut en parler
qu'avec un sérieux et un respect bien éloignés de ces libertés. On ne doit jamais se
relâcher sur aucune bienséance, mais principalement sur celles-là ; souvent les gens
qui sont les plus délicats sur celles du monde, sont les plus grossiers sur celles de la
religion. Cette conduite peut avoir de funestes conséquences ; d'ailleurs elle est un
outrage à la Divinité. »

Ces conseils n'opérèrent peut-être pas
l'entière conversion du dogmatiseur con-
fondu; mais il en fut touché, tant il y
avait de bonté dans la manière dont le
père Ambroise venait de l'admonester, et
tant il mettait de force dans ses raisonne-
mens. Persuadé ou non, il se montra plus
circonspect, le reste de la journée, dans
ses opinions comme dans ses paroles; et
il n'y perdit pas dans l'esprit des personnes
de la société.

Le même jour, une autre circonstance amena une autre leçon qui, dans le monde, peut trouver fréquemment son application. On venait de se mettre à table pour dîner. Emilie était près de son oncle, Jules à côté de madame Dermance. Louise, à l'autre bout de la table, avait pris place auprès de madame Calmet et de plusieurs autres personnes invitées. Tout à coup, elle se lève précipitamment, et se recule avec une sorte d'horreur; on croit qu'elle se trouve mal, on s'empresse autour d'elle, on lui demande ce qu'elle éprouve; elle répond qu'elle se sent incommodée et qu'elle ne peut dîner. Comme un instant auparavant elle se portait fort bien, et paraissait bien disposée à prendre sa part du repas, madame Dermance, ne se payant pas de ses réponses insignifiantes, cherche à deviner ce qui peut avoir provoqué l'effroi de Louise; rien ne peut la mettre sur la voie de la vérité. Enfin Louise, pressée vivement par le père Ambroise, avoue qu'elle vient de remarquer qu'il y avait treize personnes à table, et que de crainte que ce nombre ne fût d'un sinistre présage pour quelqu'un de la compagnie, elle n'avait pu se défendre d'un mouvement de frayeur, et s'était déterminée à quitter la table avant que le repas fût commencé. A cet aveu, des rires unanimes succédèrent aux alarmes; chacun se hâta de rassurer Louise sur ses vaines terreurs; mais on avait beau lui dire que ce n'était qu'un enfantillage, on ne pouvait lui faire entendre raison.

Le père Ambroise fut encore obligé de faire valoir l'autorité de sa longue expérience et celle de son ministère. Il appela Louise, et lui dit qu'elle avait tort de se faire du mal pour des absurdités qui ne pouvaient avoir de crédit qu'auprès des bonnes d'enfans, des nourrices ou des lecteurs de romans. « Pourquoi pâlir, pour vous être trouvée vous treizième à table? Vous éprouveriez donc encore la même terreur, ou pour avoir eu certains songes, ou pour avoir vu renverser une salière? Rassurez-vous, ma chère Louise; la crainte de tous ces présages imaginaires

est un reste grossier du paganisme; voyez
l'histoire des Grecs et celle des Romains.
Vous y verrez les fourberies des augures,
des oracles, des aruspices. Ne pouvez-vous
d'ailleurs penser à la mort sans frémir?
Quoique les femmes n'aient pas les mêmes moyens que les hommes de montrer
leur courage, elles doivent pourtant en
avoir. La lâcheté est méprisable partout;
partout elle a de méchans effets. Il faut
qu'une femme sache résister à de vaines
alarmes, qu'elle soit ferme contre certains
périls imprévus, qu'elle ne pleure ni ne
s'effraie que pour de grands sujets; encore
faut-il s'y soutenir par vertu. Quand on
est chrétien, de quelque sexe qu'on soit,
il n'est pas permis d'être lâche. L'âme du
christianisme, si l'on peut parler ainsi,
est le mépris de cette vie et l'amour de
l'autre. »

Émilie avait été sagement élevée dans
le mépris ou l'ignorance de toutes ces idées
superstitieuses et ridicules qui sont quelquefois les tyrans de l'existence. Ses parens s'étaient aussi attachés à réprimer

en elle les petites jalousies, les complimens
excessifs, les flatteries, les empressemens
étudiés. La plupart des femmes disent
peu en beaucoup de paroles; on l'avait
accoutumée à parler d'une manière courte
et précise, en lui faisant comprendre que
le bon esprit consiste à retrancher tout
discours inutile, et à dire beaucoup en
peu de mots : même soin pour éviter de
la mettre dans la nécessité d'employer la
finesse, genre d'esprit si naturel à son
sexe; aussi disait-elle ingénument ses in-
clinations et sa pensée sur toutes les choses
permises. Elle était libre de manifester
son ennui lorsqu'elle s'ennuyait, et son
dégoût pour des personnes ou des livres
qui ne lui plaisaient pas. Jamais on ne
lui voyait faire à l'égard de personne de
ces accueils étudiés derrière lesquels se
retranche quelquefois le mépris ou la
plus froide indifférence. Cette franchise
ne l'empêchait pas d'être discrète et pré-
cautionnée. Madame Dermance lui répétait dans l'occasion : « Ma fille, la principale prudence consiste à parler peu,

à se défier bien plus de soi que des autres, mais point à faire des discours faux et des personnages brouillons. La finesse vient toujours d'un cœur bas et d'un petit esprit. On n'est fin que parce qu'on veut se cacher, n'étant pas tel qu'on devrait être. C'est se jouer de Dieu que de se jouer de la vérité dans ses paroles. »

Quant à ce qui concernait l'amour-propre et la vanité, Emilie s'était montrée un peu plus difficile à guérir. Le désir de plaire, le goût des ajustemens et des parures recherchées, l'orgueil, avaient été long-temps ses défauts dominans. Les exemples de sa mère et les conseils de son bon oncle étaient parvenus à en extirper le germe funeste. Il en avait été de même pour le bel-esprit. Quoique douée d'une grande vivacité d'imagination et d'un sens exquis, on ne la surprenait jamais à parler de tout d'un ton pédantesque et doctoral, à décider sur les ouvrages les moins proportionnés à sa capacité, à affecter de s'ennuyer par délicatesse; bien différente en cela comme en beaucoup d'autres

points, de ces grandes savantes qui, à
peine échappées de leur pension, ne trouvent plus rien dans le monde qui soit
digne de fixer leur attention et d'obtenir
leur estime, si ce n'est quelquefois le ridicule, l'absurde et l'extravagance.

———

CHAPITRE XIII.

Économie domestique ; devoirs des femmes ; Emilie savante dans ces matières. — Son humanité
à l'égard des domestiques ; art de se faire servir.
— Perfection des qualités d'Emilie.

Dès qu'Emilie eut fait sa première communion , madame Dermance songea à
l'instruire sérieusement de tout ce qui
concerne l'économie domestique et les
devoirs des femmes. Elle lui donna un
petit appartement auprès du sien , le fit
meubler de toutes les choses nécessaires,
et annonça à sa fille qu'elle seule désormais serait chargée du soin d'y entretenir
l'ordre et la propreté. Emilie fut ravie de
ce nouvel arrangement. Elle employa plusieurs jours à mettre chaque objet en sa
place, meubles , linge , livres, garde-robe, etc. Chaque tiroir des armoires et de
la commode reçut sa destination particu-
lière. Celui-ci devait contenir les mou-

choirs, celui-là les bas, un autre les robes. Madame Dermance vit avec plaisir
que sa chère enfant ne serait pas de ces
petites demoiselles de qualité qui regar-
dent comme beaucoup au-dessous d'elles
les moindres occupations du ménage. Le
matin, après avoir fait sa prière, Emilie
se servait à elle-même de domestique et
de femme de chambre. Elle ouvrait sa
fenêtre pour renouveler l'air, défaisait
son lit, puis le refaisait avec beaucoup
d'adresse et de goût, balayait, époussetait
partout, rangeant chaque chose, à me-
sure qu'elle nettoyait. Puis elle s'occupait
de sa toilette à laquelle présidaient surtout
la propreté et la simplicité.

Madame Dermance avait appris à ses
dépens tout le prix de l'économie. Avant
son veuvage, comme la plupart des femmes dites de bonne maison, elle la négligeait comme un emploi bas qui ne conve-
nait qu'à des paysans ou à des fermiers,
tout au plus à un maître d'hôtel ou à
quelque femme de charge. Ayant été élevée dans la mollesse, l'abandon et l'oisi-

veté, elle était alors indolente et dédai-
gneuse pour tout ce détail, et ne faisait
pas grande différence entre la vie cham-
pêtre et celle des sauvages du Canada.
Depuis, la raison, les conseils de son
oncle, et son attachement pour sa fille
avaient suppléé en elle au défaut d'éducation. Elle s'était bien convaincue que
ce n'est que par une vaniteuse ignorance
qu'on méprise cette science de l'économie. Aussi entretenait-elle souvent Émilie
des nombreux détails qui s'y rattachent,
et de leur importance.

« Tu as lu, mon enfant, lui disait-elle,
les histoires de la Grèce et de Rome. Les
anciens Grecs et Romains, si habiles et si
polis, s'instruisaient avec le plus grand
soin, comme tu as dû le voir, des principes
importans de l'économie domestique et ru-
rale; les plus grands esprits d'entre eux en
ont fait, sur leurs propres expériences, des
livres que nous avons encore et où ils ont
marqué jusqu'au dernier détail de l'agriculture. On sait que le célèbre Cincinna-
tus et d'autres guerriers fameux ne dédai-

gnaient pas de labourer, et retournaient
à la charrue, en sortant du triomphe.
Cela est si éloigné de nos mœurs qu'on
ne pourrait le croire, si peu qu'il y eût
dans l'histoire quelque prétexte pour en
douter. Mais n'est-il pas naturel qu'on
ne songe à défendre ou à agrandir son
pays que pour le cultiver librement? A
quoi sert la victoire, sinon à recueillir les
doux fruits de la paix? Toutes ces réflexions, je les dois à la prudence et à la
sagacité de notre oncle Ambroise. Après
tout, ma chère Emilie, la solidité de l'esprit consiste à vouloir s'instruire exacte-
ment de la manière dont se font les choses
qui sont le plus grand fondement de la vie
humaine; toutes les plus grandes affaires
roulent là-dessus. Il faut sans doute un esprit plus élevé et plus étendu pour s'instruire de tous les arts qui ont rapport à l'é-
conomie, et pour être en état de policer
une famille qui est une petite république,
que pour jouer, discourir sur les modes, et
s'exercer à de petites gentillesses de conversation. C'est une sorte d'esprit bien mépri-

sable que celui qui ne va qu'à bien parler.
On voit de tous côtés des femmes dont la
conversation est pleine de maximes solides, et qui, faute d'avoir été appliquées
de bonne heure, n'ont rien que de frivole
dans la conduite. Tu dois te souvenir que
dans notre dernier voyage à Saint-Flour,
tu m'as communiqué les remarques que
te fournissaient à ce sujet plusieurs dames
de notre connaissance. »

Madame Dermance, avec ces entretiens, mettait sa fille au courant des principaux détails de l'agriculture ; culture
des terres, vente des blés, natures diverses de revenus : elle se reposait sur elle
d'une partie de ses comptes avec les fermiers, sauf à les revoir pour s'assurer de
leur exactitude et de leur justesse. Elle lui
enseignait aussi, par son exemple, à con-
clure les marchés de tout ce qu'on ache-
tait, et la manière de faire chaque chose
comme elle doit être faite pour remplir
son usage.

Les femmes courent risque d'être ex-
trêmes en tout. Émilie avait quelque dis-

position à porter dans la propreté un esprit vétilleux qui, par la suite, aurait pu devenir ridicule. Souvent même elle chicanait sa maman pour des choses qui n'en valaient pas la peine ; d'autres fois, elle la harcelait au sujet de sa toilette, lui tirait son fichu par-ci, sa robe par-là, ne voulant pas qu'un pli dépassât l'autre. Quelquefois madame Dermance, qui prévoyait les suites que pourrait entraîner ce petit excès d'une qualité louable, se fâchait sérieusement, et lui faisait observer que la propreté n'est une vertu qu'autant qu'elle est modérée, mais que quand on suit trop son goût, on la tourne en petitesse d'esprit. « Le bon goût, ajoutait-elle, rejette la délicatesse excessive ; il traite les petites choses de petites et n'en est pas blessé. Il ne faut pas tenir des colifichets plus de compte qu'ils n'en méritent. Il doit en être de même pour les autres menus détails du ménage. »

Dans les commencemens, Emilie avait aussi manifesté quelque propension à outrer l'économie jusqu'à l'avarice. Madame

Dermance s'était empressée d'y apporter remède par de nombreux exemples, qui lui donnaient la facilité de montrer en détail les ridicules de cette passion.

Madame Calmet, dont nous avons déjà parlé, était une femme très-pieuse et d'une sévère probité; mais ses vertus se trouvaient déparées par une avarice sordide. Avec une fortune assez considérable, elle apportait dans la dépense de sa maison une parcimonie honteuse. Elle recevait peu de personnes; madame Dermance et le père Ambroise étaient à peu près les seuls voisins qu'elle vît. Ils l'accueillaient si bien quand elle venait au château, qu'elle s'efforçait de leur rendre la pareille quand elle les invitait à son tour. Malgré cela, le bout de l'oreille se montrait encore assez souvent d'une manière choquante. Tantôt le repas manquait par la qualité et l'assaisonnement des mets, tantôt par la quantité. Émilie, un peu moqueuse, surtout à l'égard de madame Calmet, épiloguait sur tout, et véritablement elle pouvait le faire sans trop de médi-

sance. Madame Dermance prenait note
de ces observations malicieuses pour les
rappeler dans l'occasion, quand il faudrait
reprendre Emilie elle-même sur des torts
de la même nature. « Prends garde, lui
disait-elle alors, que l'avarice gagne peu
et qu'elle se déshonore beaucoup. Un esprit raisonnable ne doit chercher, dans
une vie frugale et laborieuse, qu'à éviter
la honte et l'injustice attachées à une conduite prodigue et ruineuse. Il ne faut retrancher les dépenses superflues, que pour
être en état de faire plus libéralement celles que la bienséance, ou l'amitié, ou la
charité, inspirent. Souvent c'est faire un
grand gain que de savoir perdre à propos.
C'est le bon ordre et non certaines épar-
gnes sordides, qui fait les grands profits.
Certes, il est vraiment risible de voir certaines personnes qui se savent bon gré
d'économiser la moitié d'une allumette ou
d'épargner une bougie, pendant qu'elles
se laissent tromper sur le gros de leurs
affaires, par un intendant, par des fermiers, ou par des domestiques. »

Émilie, à quelques petites imperfections près, imperfections inséparables de l'humanité, avait le meilleur naturel du monde. Bien différente de ces dames et de ces demoiselles à qui la plupart des gens paraissent fades et ennuyeux, aux yeux de qui le moindre défaut de politesse est un monstre, qui ne font cas que des airs *distingués*, et qui sont toujours moqueuses et dégoûtées, elle se gardait bien de ne juger les personnes que sur leurs manières. Elle examinait le fond de leur esprit et de leurs sentimens, et tenait compte de leurs qualités utiles. Un homme d'un air grossier ou même ridicule, s'il avait le cœur bon et l'esprit réglé, lui semblait plus estimable de beaucoup qu'un dameret qui, sous le manteau élégant d'une politesse accomplie, aurait caché un cœur ingrat, injuste, capable de toutes sortes de dissimulations et de bassesses. Elle le prouva dans une occasion assez importante.

Émilie avait atteint sa seizième année. Les grâces de sa personne étaient admirées

de tous ceux qui la voyaient. Déjà plusieurs
riches particuliers des environs avaient
demandé sa main pour leurs fils; mais
madame Dermance, voulait faire, en
toute chose, le bonheur de sa fille, et d'ailleurs la jugeant encore trop jeune pour
le mariage, n'était pas pressée de faire un
choix. Le fils d'un ancien seigneur du
Rouergue ayant entendu parler de la
beauté, des vertus, et surtout de la fortune de mademoiselle Dermance, vint au
château, après y avoir été annoncé par
plusieurs personnes de sa connaissance.
Il était bien fait, d'une figure assez agréable ; ses manières sentaient tout-à-fait
l'homme du monde; on le citait comme
le type du meilleur ton, et son esprit avait
quelque chose de brillant qui jetait un
grand éclat dans la société. De prime-
abord, il fut assez goûté par madame Dermance, qui ne paraissait même pas fort
éloignée de l'accepter pour gendre. M. de
Cazélès n'avait fait ce petit voyage que
dans le but d'obtenir cet avantage, et il
n'y épargnait pas ses soins.

Mais, malgré tous ses efforts, il n'avait pas été aussi heureux dans l'esprit de la demoiselle que dans celui de la mère. Emilie l'avait pris en aversion dès le premier jour, en l'entendant traiter les domestiques du château avec hauteur, insolence et dureté, ton qu'il n'eût pas dû prendre, même avec ses propres gens. Un autre trait acheva de le perdre dans l'estime d'Emilie. Un pauvre s'étant approché de lui, à la sortie de la messe pour lui demander l'aumône, M. de Cazélès le repoussa rudement, en lui disant qu'il ferait mieux de travailler, que de tendre ainsi une main importune à tous les passans. Le cœur d'Emilie se révolta contre tant de dureté; elle s'approcha du pauvre mendiant dont les infirmités n'étaient que trop apparentes, et déposa dans son chapeau quelques pièces de monnaie accompagnées des douces paroles de la consolation. Emilie n'en voulut pas davantage pour apprécier M. de Cazélès; elle se prononça sur-le-champ, confia ses craintes et sa répugnance à sa mère et à son

grand-oncle qui l'appuya de tout son
pouvoir. M. de Cazélès fut poliment écon-
duit.

Dirigée par les sages avis du père Ambroise, formée par les exemples de sa
mère, Emilie était devenue elle-même un
modèle. Elle avait, pour ainsi dire, l'in-
tendance de toute la maison. La science
de se faire servir n'est pas petite. Emilie
l'avait acquise quelquefois à ses dépens;
d'autres fois elle mettait à profit ses réflexions. Connaissant les fonctions auxquelles elle appliquait chaque domestique, le temps et la peine qu'il faut donner
à chaque chose, la manière de la bien
faire et la dépense qui y est nécessaire,
elle ne leur commandait jamais rien que
de juste. Ayant une idée précise des menus détails de la cuisine et du ménage,
elle n'était en danger d'être ni la dupe ni
le fléau des gens qui la servaient.

L'autorité est indispensable pour se faire
obéir des domestiques. Car moins les gens
sont raisonnables, plus il faut que la crainte
les retienne. Mais l'autorité, dont on n'a-

buse jamais, est toujours la plus respectée;
Émilie se trouvait dans ce cas-là. Julienne,
fille d'une vertu et d'une bonté éprouvées,
était regardée par elle presque comme
une seconde mère. Quant aux autres domestiques, elle les traitait avec douceur,
disant quelquefois aux personnes qui en
paraissaient surprises : « Ne sont-ils pas des
chrétiens comme nous ? Ils sont nos frères
en Jésus-Christ, je dois les respecter comme ses membres. » Elle ne payait jamais
d'autorité, que lorsque la persuasion était
impuissante. Toutefois elle se faisait aimer d'eux sans aucune basse familiarité;
si elle n'entrait point, à plaisir, en conversation avec eux, elle ne craignait pas de
leur parler avec affection et sans hauteur
sur leurs besoins. Aussi l'aimaient-ils bien
sincèrement, parce qu'ils étaient assurés
de trouver en elle des avis pour des cas
embarrassans, et de la compassion dans
le malheur.

C'était une chose vraiment admirable
que l'art avec lequel elle réprimandait
ceux qui se trouvaient en faute. Elle ne les

reprenait point aigrement de leurs défauts,
et n'en paraissait ni surprise ni rebutée,
tant qu'elle avait l'espoir qu'ils ne seraient
point incorrigibles; elle leur faisait entendre doucement raison et souffrait souvent d'eux pour le service, afin d'être en état
de les convaincre, de sang froid, que c'était
sans mauvaise humeur et sans impatience
qu'elle leur parlait, et bien moins pour
son service que pour leur intérêt propre.

Cette conduite douce et charitable à laquelle elle avait été accoutumée de bonne
heure, contrastait étrangement avec le
ton hautain de quelques demoiselles du
voisinage qui, par suite de la fausse idée
qu'on leur avait donnée de leur naissance,
regardaient les domestiques à peu près
comme des chevaux, se croyaient d'une
autre nature qu'eux, et semblaient les
supposer faits uniquement pour la commodité de leurs maîtres. Dès-lors, il n'é-
tait pas étonnant que la maison de madame Dermance fût recherchée de tous
les paysans et paysannes qui voulaient se
placer, soit comme domestiques, soit com-

me valets de ferme ou d'étable. Le père
Ambroise s'applaudissait intérieurement
des succès de ses soins et de ses leçons.
Il lui avait inspiré des sentimens d'humanité pour tout le monde, en lui faisant
comprendre que les hommes ne sont pas
faits pour être servis ; que c'est une erreur
brutale de croire qu'il y ait des hommes
nés pour flatter l'orgueil et la paresse des
autres ; que la domesticité étant établie
contre l'état naturel des hommes, il faut
l'adoucir autant qu'on le peut ; que les
maîtres qui sont mieux élevés que leurs
serviteurs, étant pleins de défauts, il ne
faut pas s'attendre que les serviteurs n'en
aient point, eux qui ont manqué d'instruction et de bons exemples ; qu'enfin si
les domestiques se gâtent en servant mal,
ce que l'on appelle d'ordinaire *être bien
servi* gâte encore plus les maîtres ; car
cette facilité de se satisfaire en tout, et
de se livrer à ses désirs, ne fait qu'amollir
l'âme, que la rendre ardente et passionnée
pour les moindres commodités.

Emilie, comme nous venons de le voir,

s'était façonnée de longue main à ce
gouvernement domestique. Dans les premiers temps, quand on lui donnait quelque chose à régler à condition d'en rendre
compte, cette confiance la charmait; car
la jeunesse ressent un plaisir incroyable,
lorsqu'on commence à se fier à elle et à la
faire entrer dans quelque affaire sérieuse.
Lorsqu'il lui était arrivé de faire quelques
fautes dans ses premiers essais, madame
Dermance ne craignait pas de faire quelques sacrifices pour son instruction; elle lui
indiquait avec douceur comment elle aurait dû s'y prendre pour éviter les incon-
véniens où elle était tombée, lui racontait
ses expériences passées, ne reculant pas à
lui dire les fautes semblables qu'elle avait
faites dans sa jeunesse. Par là, elle lui
avait inspiré la confiance, sans laquelle
l'éducation se tourne en formalités gê-
nantes.

Quoique depuis long-temps Emilie fût
à la tête de l'administration intérieure de
la maison, cependant elle ne donnait aucun ordre, ne prenait aucune décision,

sans consulter auparavant sa mère qui l'approuvait presque toujours, et qui lui savait gré de cette aimable et volontaire déférence.

Enfin par le concours des soins attentifs et zélés de madame Dermance et de son oncle, par leurs leçons sages, adroites et pieuses, Emilie était devenue une demoiselle accomplie. Corrigée, autant qu'on peut l'être, des défauts les plus ordinaires à son sexe; riche des dons de la beauté, développés encore par une éducation bien entendue; embellie des plus aimables vertus, trésor préférable à tous les autres trésors; douée des agrémens d'un esprit vif et cultivé; initiée à plusieurs des arts qui contribuent le plus à charmer la vie; élevée dans la crainte de Dieu et dans l'observance exacte de ses préceptes évangéliques; savante dans la conduite d'une maison et dans les moindres détails du ménage et de l'économie domestique, Emilie réunissait en elle tout ce qui peut faire le bonheur d'un époux sage et vertueux, et promettait d'être un jour ce que madame Dermance s'était montrée à son égard, la plus éclairée et la plus tendre des mères.

Aussi Dieu qui, d'en haut, se plaît à récompenser, même ici-bas, ceux qui le prient et qui l'aiment, voulut en quelque sorte couronner l'ouvrage de madame Dermance et du père Ambroise, en réalisant les douces espérances que ces bons parens avaient formées plus d'une fois de concert, et en répandant sur cette vertueuse famille une rosée de bénédictions qui fût pour elle le gage d'une félicité constante, dont l'autre vie ne saurait être qu'une continuation embellie.

CHAPITRE XIV.

Conclusion.

Jules Chazal, neveu de madame Dermance, après avoir terminé ses études élémentaires à Saint-Flour, était allé à Paris pour y faire son droit et suivre les cours des professeurs les plus distingués. Recommandé très-particulièrement à une personne alliée à sa famille, chez qui il avait trouvé asile, protection et bonne amitié, il ne s'était pas vu abandonné à lui-même comme la plupart de ces jeunes gens que Paris voit débarquer tous les ans de la province, et qui, pour fuir l'isolement absolu où ils se trouvent, se jettent dans le tourbillon du monde et s'y ruinent par leurs folles dépenses. Jules travaillait avec ardeur, ne s'occupant nullement des frivolités et des babioles qui absorbent pour ainsi dire l'existence entière de tant de monde. L'étude était sa grande occu-

pation, l'étude était encore son plus doux
délassement. Le désir de connaître et de
bien connaître lui faisait partager son
temps entre les diverses branches de la
jurisprudence, travail sérieux et assidu
qui demande toute la pénétration de l'esprit, toute la puissance de l'intelligence,
et qui ne saurait guère marcher sans le
secours de la mémoire. Ses heures de
loisir étaient consacrées à la littérature,
à la botanique, au dessin et à la musique. Dans ses courses, il visitait, sur son
passage, tous les monumens curieux, les
muséums de toutes espèces, les cabinets
d'amateurs ; il prenait des notes sur tout,
et acquérait ainsi une masse de connaissances, les unes utiles, les autres agréables. On pense bien qu'au milieu de ces
distractions, les bons parens du Cantal
n'étaient pas oubliés; une correspondance
active entretenait les souvenirs de l'amitié, et abrégeait ou palliait les ennuis de
l'absence. La tante Dermance, l'oncle
Ambroise, étaient mentionnés avec un tendre respect, avec une vive reconnaissance,

dans toutes les lettres de Jules ; sa petite cousine Emilie avait aussi sa part ; son article tenait toujours la première place de l'*alinéa* de l'amitié, et quelquefois le remplissait tout entier.

Après trois années de séjour dans la capitale, Jules, qui avait mis à profit tous ses instans, se vit en état de passer sa thèse. Il le fit d'une manière brillante et aux applaudissemens de ses professeurs. Alors n'ayant plus de motif pour rester plus long-temps éloigné du pays natal, il revint en toute hâte à Mauriac. Sa sœur Louise allait se marier avec un riche négociant de la Limagne. On n'attendait que le retour du jeune licencié pour la célébration du mariage, qui eut lieu effectivement quelques jours après. Jules put voir, ornée de tous ses avantages extérieurs, sa cousine Emilie que trois années d'absence avaient encore embellie. A cette vue, il sentit bientôt que l'amitié qu'il lui avait vouée dès l'enfance faisait place à un tout autre sentiment plus vif, plus enivrant. Il ne tarda pas à

faire confidence à sa mère de son amour
pour Emilie. Madame Chazal n'en fut pas
beaucoup surprise, non plus que sa belle-
sœur madame Dermance à qui elle vint
apporter cette nouvelle. Plusieurs fois elles
avaient remarqué ensemble, avec plaisir,
la prédilection de ces deux enfans l'un
pour l'autre ; elles se trouvaient heureuses
de pouvoir assurer leur bonheur en les
unissant.

Mais quelle fut la joie du vénérable
père Ambroise, quand ses deux nièces
vinrent lui apprendre ce dont il était
question, et lui demander son avis! Ce
digne vieillard avait perdu la vue depuis
deux ans. Malgré son infirmité, il se leva
avec vivacité, et se mit à marcher à grands
pas comme s'il eût été clairvoyant. Ses
exclamations, les pleurs qui coulaient le
long de ses joues creusées par l'âge, ses
mains jointes et élevées souvent vers le
ciel, annonçaient l'intime satisfaction
dont il jouissait. Depuis long-temps, il
avait étudié le caractère de Jules, et s'é-
tait réjoui plus d'une fois du penchant

mutuel qu'il remarquait entre cet enfant et sa jeune élève. Regardant dès-lors Jules comme l'homme le plus digne d'Emilie et le plus capable d'assurer son bonheur, le bon père Ambroise avait arrêté plus d'une fois ses vœux sur l'idée riante de les voir un jour unis l'un à l'autre.

Le père Ambroise, par l'effet de son âge et de sa cécité, ne pouvant que très-difficilement remplir les principales fonctions de son ministère, était assisté d'un vicaire qui le soulageait de la plus grande partie du sacerdoce. Mais pour le mariage des deux enfans chéris de son cœur, le bon vieillard revendiqua le bonheur de présider à cette cérémonie. Elle ne fut célébrée que deux mois plus tard, parce qu'il fallait attendre les dispenses de l'Église que faisait exiger le degré de parenté qui unissait déjà les deux futurs époux.

Le jour tant désiré parut enfin, et fut un jour de fête pour tout le village. D'abondantes aumônes faites avec le discernement d'une charité éclairée, servirent de prélude à l'acte religieux. Madame Der-

mance ne voulait voir à la bénédiction
nuptiale de ses enfans que des visages épa-
nouis par le contentement. Sa belle-sœur,
Jules et Emilie imitèrent cet exemple.
Tous les pauvres habitans du lieu bénis-
saient le jeune couple et faisaient des
vœux pour sa félicité. Ceux qui avaient
vu Jules et Emilie tout petits, souhai-
taient d'avoir pour la consolation de leurs
vieux ans, des enfans vertueux et bons
comme eux. C'était de tous les côtés un
concert unanime d'éloges naïfs et simples, expression touchante de la reconnaissance et de la sincérité. Lorsque les
deux jeunes gens, accompagnés de leurs
parens, se présentèrent pour entrer dans
l'église, il leur fallut fendre la foule empressée autour d'eux, comme pour leur
offrir l'hommage de leurs vœux et de leur
satisfaction.

Un prie-dieu, établi en face de l'autel,
attendait les deux époux ; ils s'y placèrent
et la cérémonie commença au milieu du
plus pieux recueillement. Le père Ambroise, conduit à l'autel par son vicaire,

offrit le divin sacrifice. Ses cheveux blancs,
honorés par tant d'années, de bienfaits et
de vertus, formaient comme une auréole
autour de sa tête octogénaire; son front
était embelli de cette sérénité qui toujours
accompagne la probité et la justice; ses
traits nobles et vénérables avaient quelque chose des anciens patriarches; il n'y
avait pas jusqu'à ses yeux éteints qui ne
donnassent à sa physionomie une sorte
de solennité. On eût dit une de ces têtes
antiques dont les yeux fermés sur le présent, semblent plonger un sublime regard
dans un avenir qui leur est dévoilé. Tous
les assistans, pleins de vénération et de
tendresse pour leur ancien pasteur, étaient
en extase.

Au milieu de la bénédiction nuptiale, il
fut aisé de voir qu'en lui les sentimens de
l'homme se confondaient avec les importantes fonctions du prêtre. Après les questions d'usage, il prit affectueusement la
main de Jules, la mit dans celle d'Émilie,
et prononça d'une voix doucement émue,
mais grave, les paroles sacramentelles qui

11**

les unissaient à jamais. Puis, remontant
à l'autel, ce fut alors que son émotion se
révéla tout entière par des paroles pleines de la tendresse et de l'esprit évangélique qui l'animaient.

« Mes chers enfans, je viens de prier
le ciel, et je le prierai, avec la même fer-
veur, jusqu'à mon dernier soupir, pour
qu'il daigne répandre d'abondantes bénédictions sur vous et sur votre famille. Je
bénis aussi le Tout-Puissant d'avoir assez
prolongé ma carrière, pour que je pusse
jouir d'un si beau jour ! Je puis dire aujourd'hui comme le vieux Siméon : « C'est
maintenant, Seigneur, que vous laisse-
rez mourir en paix votre serviteur », puisque j'ai pu, de mes mains tremblantes,
unir celles de deux jeunes époux, objets
constans de mon affection et de ma sollicitude. Il m'est bien doux d'espérer qu'une
paix inaltérable règnera toujours entre
vous, que toujours vous marcherez côte à
côte dans le sentier épineux de la vie, que
vous vous soutiendrez, que vous vous gui-
derez mutuellement dans ce défilé rempli

Mes enfants, n'oubliez jamais qu'il n'est
pas de vrai bonheur sans la vertu.

d'embûches et de précipices, enfin que
vos vertus ne cesseront pas un seul instant d'embellir, comme autant de fleurs,
la route que vous devez parcourir ensemble! Car, ne l'oubliez jamais, mes chers
enfans, il n'est point ici-bas de vrai bonheur sans la vertu, et celle-ci découle de
la religion, comme une eau claire et lim-
pide découle d'une source pure. Je vous
suivrai peut-être encore quelques jours
dans votre pèlerinage terrestre, mais le
mien ne tardera pas à être fini; le poids de
la vieillesse m'en avertit; ma joie elle-même, toute parfaite qu'elle est, a peine à
ranimer ce faible corps prêt à succomber
à chaque instant; ces fonctions sacerdo-
tales que je viens de reprendre un moment
pour vous, m'accablent déjà, et me font
sentir que je dois les déposer pour jamais.
Vivez heureux, mes chers enfans, surtout
vivez vertueux. A présent je mourrai satisfait, puisque j'aurai fait servir à consacrer votre bonheur à tous deux, les
derniers momens de mon sacerdoce et les
derniers efforts d'une vie presque éteinte.

Pendant cette touchante allocution, les jeunes époux, leurs mères, leurs amis, tous les villageois rassemblés dans l'église, étaient vivement attendris. De grosses larmes roulaient dans tous les yeux. Le père Ambroise acheva le saint sacrifice, et le reste du jour fut donné tout entier au plaisir et à la joie.

Lorsque les fêtes nuptiales furent passées, madame Dermance dit à Emilie qu'elle voulait lui faire un cadeau de noces, indépendamment de ceux qu'elle lui avait déjà donnés; puis tirant de sa bibliothèque un petit volume doré sur tranche et revêtu d'une couverture en velours, elle le lui offrit, en lui disant : « Ma chère Emilie, tu seras sans doute mère à ton tour; si le ciel te donne des filles, voici ton guide pour leur éducation. C'est le traité de l'*Éducation des filles* par Fénélon. C'est notre bon oncle Ambroise qui m'en a fait présent, en m'indiquant la manière de s'en servir, et en m'éclairant de ses excellens conseils. Ton éducation est le résultat de l'application des préceptes contenus

dans ce précieux livre. Ainsi, en interro-
geant les souvenirs, et en t'aidant de tes
lumières, tu pourras mieux qu'un autre
te servir utilement de cet admirable traité,
et ne devoir qu'à tes soins des enfans vertueux et sages, dont le mérite sera ta plus
douce récompense. »

Comme il est important que l'homme
ait une profession qui occupe utilement
les momens de sa vie, Jules fit l'acquisi-
tion d'une étude de notaire dans le voisinage du château de sa belle-mère. Par ce
nouvel arrangement, les deux époux ne
cessèrent pas de vivre en famille. Quelques mois après leur mariage, ils fermè-
rent les yeux au bon père Ambroise, et
donnèrent à sa mémoire aussi chérie que
vénérée, les justes pleurs de la reconnaissance et de la tendresse filiale. Depuis,
ils ont constamment suivi la route que
leur avait tracée ce digne imitateur des
vertus de Fénélon. Craignant Dieu, faisant du bien à leurs semblables, chéris-
sant tout ce qui porte le sceau de la vertu,
ils goûtent le bonheur d'être aimés de ceux

qui les entourent, continuent à mettre en pratique les sages leçons dont fut nourrie leur enfance, et rendent heureuse de la félicité dont ils jouissent leur bonne mère madame Dermance, qui ne peut regarder son Emilie sans s'applaudir de la perfection de son ouvrage.

FIN.

TABLE

DES CHAPITRES.

FIN DE LA TABLE DES CHAPITRES.